풀베개

풀베개

나쓰메 소세키
박성민 옮김

시와서

차례

풀베개

1

산길을 오르며 이렇게 생각했다.

이지(理智)로 행동하면 모가 난다. 감정에 이끌리면 휩쓸려간다. 고집을 부리면 갑갑해진다. 어쨌든 인간 세상은 살기 어렵다.

살기가 어려워지면, 살기 쉬운 데로 옮기고 싶어진다. 어디로 옮겨도 살기 어렵다는 것을 깨달았을 때, 시가 태어나고 그림이 생겨난다.

인간 세상을 만든 것은 신도 아니고 귀신도 아니다. 역시 건너편 이웃집에 들락날락하는 보통 사람이다. 보통 사람이 만든 인간 세상이 살기 어렵다 한들, 옮겨 살 만한 나라는 없을 것이다. 있다면 인간이 아닌 것들의 나라로 갈 뿐이다. 인간이 아닌 것들의 나라는 인간 세상보다 더 살기 어려울 것이다.

옮겨 살 수도 없는 세상이 살기 어렵다면, 살기 어려운 세상을 어느 정도 느긋하게 받아들이고, 짧은 목숨을 잠깐이나마 살기 편하게 만들어야 한다. 그리하여 시인이라는 천직이 생기고, 화가라는 사명이 내려진다. 모든 예술가는 인간 세상을 한가롭게 하고 인간의 마음을 풍요롭게 하기에 고귀하다.

살기 어려운 세상에서 살기 어려운 근심을 빼버리고, 고마운 세계를 눈앞에 그려내는 것이 시이고, 그림이다. 또는 음악과 조각이다. 자세히 말하면, 그리지 않아도 된다. 그저 눈앞에서 보면, 거기서 시가 생기고 노래도 솟아난다. 떠오른 생각을 종이에 옮기지 않아도, 옥구슬 소리가 마음속에 울려 퍼진다. 이젤을 향해 물감을 칠하지 않아도, 그 오색찬란함은 저절로 마음의 눈에 비친다. 그저 내가 사는 세상을 이렇게 볼 수 있고, 혼탁하고 어지러운 속계를 마음속의 카메라에 맑고 산뜻하게 담아낼 수 있으면 충분하다. 그렇기 때문에 무성(無聲)의 시인은 시 한 구절 없다 해도, 무색(無色)의 화가는 작은 그림 한 점 없다 해도, 그렇게 인간 세상을 바라볼 수 있다는 점에서, 그렇게 번뇌를 해탈한다는 점에서, 그렇게 청정한 세계로 드나들 수 있다는 점에서, 또한 이 유일무이한 천지를 이룰 수 있다는 점에서, 사리사욕의 굴레를 없애버린다는 점에서, 갑부의 자식보다도, 대국의 군주보다도, 모든 속계의 총아보다도 더 행복하다.

세상에 살게 된 지 20년이 지나니, 세상은 살 가치가 있다는 것을 알았다. 25년이 지나자, 명암은 표리와 같아서, 해가 드는 곳은 반드시 그늘이 진다는 것을 깨달았다. 서른이 된 지금은 이렇게 생각한다.—기쁨이 깊을 때 근심은 더더욱 깊고, 즐거움이 클수록 괴로움도 크다. 이것을 떼놓으려고 하면, 몸이 견디지 못한다. 해결하려고 하면, 세상이 유지되지 않는다. 돈은 귀중하나, 귀중한 것이 늘어나면, 잠자는 동안에도 걱정이 될 것이다. 사랑은 즐거우나, 즐거운 사랑이 쌓이면, 사랑을 하지 않던 옛날이 오히려 그리워질 것이다. 각료의 어깨는 수백만 명의 다리를 떠받치고 있다. 등에는 무거운 천하가 업혀 있다. 맛있는 것은 먹지 않으면 아쉽다. 조금만 먹으면 배가 부르지 않는다. 실컷 먹으면 나중에 불쾌해진다. ……

내 생각이 여기까지 흘렀을 때, 내 오른발이 어쩌다 잘못 박힌 각진 돌 귀퉁이를 헛디디고 말았다. 어이쿠 하고 평형을 유지하려 앞으로 튀어나간 왼발이 실수를 메우는 동시에, 보기 좋게 사방 석 자*쯤 되는 바위에 주저앉아버렸다. 어깨에 메고 있던 물감상자가 옆구리 아래서 흔들렸을 뿐, 다행히 아무 일도 없었다.

일어나면서 맞은편을 보니, 산길 왼쪽에 양동이를 엎어놓은 듯한 산봉우리가 솟아 있다. 삼나무인지 노송나무인지 모르겠

* 길이의 단위. 한 자는 약 30센티미터.

지만, 산기슭에서부터 산꼭대기까지 온통 검푸른 속에, 산벚나무가 연붉게 한 단 한 단 가로로 뻗어 있고, 그 경계가 또렷이 보이지 않을 정도로 안개가 짙다. 조금 앞쪽에 민둥산 하나가 유난히 눈앞으로 바싹 다가온다. 벌거벗은 옆면은 거인이 도끼로 깎아버렸는지, 날카로운 평면을 골짜기 바닥에 마구 파묻고 있다. 꼭대기에 한 그루 보이는 건 적송일 것이다. 가지 사이로 하늘도 또렷이 보인다. 두 정(丁)*쯤 앞에서 길이 끊겨 있지만, 높은 데서 붉은 담요**가 움직이며 다가오는 걸 보니, 올라가다 보면 그곳에 다다를 것이다. 길은 무척이나 험하다.

흙을 평평하게 하는 거라면 그다지 힘들지 않겠지만, 흙 속에는 큰 돌이 있다. 흙은 평평하게 할 수 있어도 돌은 평평해지지 않는다. 돌은 부술 수 있어도, 바위는 어떻게 할 수가 없다. 파헤쳐진 흙 위로 유유히 솟은 채, 우리를 위해 길을 비켜줄 기색은 없다. 그쪽이 말을 듣지 않는 한, 넘어가든 돌아가든 할 수밖에 없다. 바위가 없는 곳조차 걷기가 쉽지는 않다. 좌우가 높고 가운데가 움푹 파여 있어, 마치 두 간(間)***쯤 되는 폭을 세모꼴로 파고 그 꼭짓점이 한복판을 꿰뚫고 있는 것 같다고 평해도 좋을 것이다. 길을 간다기보다는 강바닥을 건넌다고 하는 편이 맞을

* 길이의 단위. 1정은 약 109미터.
** 그 시절의 시골 사람은 붉은 담요를 방한용으로 어깨에 걸치고 다녔다.
*** 길이의 단위. 1간은 약 1.82미터.

것이다. 애초에 급할 것도 없는 여행이라 어슬렁어슬렁 굽이진 길로 접어든다.

홀연 발밑에서 종달새 울음소리가 들리기 시작했다. 골짜기를 내려다보았지만, 어디서 울고 있는지 그림자도 형체도 보이지 않는다. 그저 울음소리만 또렷이 들려온다. 부지런히, 쉬지 않고 울고 있다. 사방 몇 리(里)*의 공기가 온통 벼룩에 물려 못 견뎌 하는 것만 같다. 저 새가 우는 소리에는 잠깐의 여유도 없다. 화창한 봄날을 온 힘을 다해 울고, 마음껏 울고 또 울면서 살아가지 않으면 성에 차지 않는 것 같다. 게다가 어디까지고 올라간다. 언제까지고 올라간다. 종달새는 분명 구름 속에서 죽을 것이다. 꼭대기까지 올라갔다가 끝내는, 구름 속으로 흘러 들어가, 떠도는 사이에 형체는 사라지고, 그저 울음소리만이 하늘 속에 남는 건지도 모른다.

바위 모서리를 예리하게 돌면서, 맹인이라면 고꾸라져 넘어졌을 곳을 아슬아슬하게 오른쪽으로 몸을 비틀어 옆을 내려다보니, 온통 유채꽃이 펼쳐져 있다. 종달새는 저기로 떨어지는 걸까, 하고 생각했다. 아니, 저 황금의 들판에서 날아오르는 걸까, 하고 생각했다. 그러고 나서, 떨어지는 종달새와 날아오르는 종달새가 열십자로 스쳐 지나가는 걸까, 하고 생각했다. 마지막에

* 거리의 단위. 1리는 약 3.9킬로미터.

는, 떨어질 때도, 올라갈 때도, 또 열십자로 스쳐 지나갈 때도, 내내 힘차게 울겠지 하고 생각했다.

봄에는 졸린다. 고양이는 쥐 잡는 것을 잊고, 인간은 빚진 것을 잊는다. 때로는 자신의 영혼이 있는 곳조차 잊으며 정신이 몽롱해진다. 다만 멀리서 유채꽃을 바라보았을 때, 눈이 번쩍 뜨인다. 종달새 울음소리를 들었을 때, 영혼이 있는 곳이 분명해진다. 종달새가 우는 것은 입으로 우는 것이 아니라, 영혼 전체가 우는 것이다. 영혼의 활동이 소리로 나타난 것 중에 저토록 힘찬 것은 없다. 아아, 유쾌하다. 이렇게 생각하며 이렇게 유쾌해지는 것이 시다.

문득 셸리의 종달새 시*가 떠올라, 기억나는 부분만 입속으로 암송해보았지만, 생각나는 것은 두세 구절밖에 되지 않았다. 그 두세 구절 중에 이런 것이 있다.

We look before and after
And pine for what is not:
Our sincerest laughter
With some pain is fraught;
Our sweetest songs are those that tell of saddest thought.

* 영국 시인 퍼시 비시 셸리의 시 〈종달새에게(To a Skylark)〉를 말한다.

앞을 보고 뒤를 보고는
갖고 싶다며 동경하네
배를 잡고 웃는 웃음이라도
괴로움이 그곳에 있구나
지극히 아름다운 노래에는 지극히 슬픈 생각이 담겨 있음을 알라

과연, 시인이 아무리 행복하다 해도, 저 종달새만큼 마음껏, 한결같이, 앞뒤를 망각한 채 자신의 기쁨을 노래하지는 못할 것이다. 서양의 시는 말할 것도 없겠지만, 중국의 시에도 '만 곡(斛)의 근심*'이라는 말이 자주 나온다. 시인이어서 만 곡이지, 보통 사람이면 한 홉으로 충분할지도 모른다. 그렇다고 하면, 시인은 보통 사람보다 근심이 많은 성격이고, 평범한 사람보다 갑절은 신경이 예민한지도 모르겠다. 세속을 초월한 기쁨도 있겠지만, 헤아릴 수 없는 슬픔도 많을 것이다. 그렇다면 시인이 되는 것도 생각해볼 일이다.

한동안은 길이 평평하고, 오른쪽에는 잡목림이, 왼쪽에는 유채꽃이 계속 눈에 보인다. 발밑에서 이따금 민들레를 밟는다. 톱

* 곡은 곡식을 재는 단위로, 한 곡은 열 말이다. 만 곡이나 되는 근심이라는 말로 아주 큰 근심을 뜻한다.

니 같은 이파리가 사방으로 마구 뻗어 있고, 한가운데의 노란 구슬을 지켜주고 있다. 유채꽃에 마음을 뺏겼다가, 밟고 나서야 미안한 짓을 했구나 싶어 뒤를 돌아보니, 노란 구슬은 여전히 톱니 안에 듬직하니 자리 잡고 있다. 태평한 녀석이다. 다시 생각을 이어간다.

시인에게 근심은 늘 붙어다니는 건지도 모르지만, 저 종달새 울음을 듣는 마음이 되면 티끌만큼의 괴로움도 없다. 유채꽃을 봐도 그저 기쁘고 가슴이 설렐 뿐이다. 민들레도 그렇고, 벚꽃도 ── 벚꽃은 어느새 사라져버렸다. 이렇게 산속에 들어와 자연의 풍물을 마주하면, 보는 것도 듣는 것도 재미있다. 그저 재미있기만 할 뿐, 별다른 괴로움도 생기지 않는다. 생긴다면, 다리가 지치고 맛있는 걸 먹지 못하는 정도일 테다.

그런데 괴로움이 없는 건 왜일까. 그저 이 경치를 한 폭의 그림으로 바라보고, 한 편의 시로 읽기 때문이다. 그림이고 시인 이상, 땅을 얻어서 일구려는 마음도 없을뿐더러 철도를 깔아서 한밑천 잡겠다는 생각도 들지 않는다. 그저 이 경치가, 요깃거리도 되지 않고, 월급에 보탬도 되지 않는 이 경치가 오로지 경치로서만 나의 마음을 즐겁게 해주기 때문에 고생도 근심도 따르지 않는 것이리라. 자연의 힘은 그렇기 때문에 귀중하다. 우리의 성정을 순식간에 도야하여, 순수한 시경(詩境)에 들도록 해주는 것이 자연이다.

사랑도 아름답고, 효도도 아름답고, 충군애국도 훌륭할 것이다. 하지만 자신이 그 상황에 닥치면 이해(利害)의 회오리에 휩쓸려, 아름다운 것에도, 훌륭한 것에도 눈이 어두워진다. 그렇기 때문에 어디에 시가 있는지 스스로는 알 수 없다.

이것을 이해하려면, 이해할 수 있을 만큼의 여유를 가진 제삼자의 위치에 서야 한다. 제삼자의 위치에 서야만 연극을 봐도 재미있다. 소설을 읽어도 재미있다. 연극을 보며 재미있어하는 사람도, 소설을 읽으며 재미있어하는 사람도, 자기 자신의 이해(利害)는 뒤로 제쳐두고 있다. 보는 동안, 읽는 동안만큼은 시인인 것이다.

그렇다고 해도 보통의 연극이나 소설에서는 인정(人情)을 벗어날 수 없다. 괴로워하고, 화내고, 떠들고, 울기도 한다. 보는 사람도 어느새 거기에 동화되어, 괴로워하고, 화내고, 떠들고, 울기도 한다. 장점이라면, 사적인 욕심이 섞이지 않는다는 건지도 모르지만, 그것이 섞이지 않는 만큼, 그 밖의 다른 정서는 평소보다 쓸데없이 활동할 것이다. 그것이 싫다.

괴로워하고, 화내고, 떠들고, 우는 것은 인간 세상에 늘 따라다니는 것이다. 나도 30년 동안 그렇게 해왔기에 질려버렸다. 질려버렸는데 연극이나 소설에서 또 똑같은 자극을 되풀이한다는 건 고된 일이다. 내가 원하는 시는 그런 세속적인 인정을 고무하는 것이 아니다. 속념을 버리고 잠시만이라도 속계를 떠난 마음이 될 수 있는 시다. 아무리 걸작이라도, 인정을 벗어난 연극은 없고, 시비(是非)를 초월한 소설은 드물 것이다. 영원히 세상을 벗어날 수 없는 것이 그것들의 특색이다. 특히 서양의 시는 인간사가 근본이 되기에 소위 시가의 순수함도 그 경계를 벗어날 수가 없다. 어디까지나 동정이니, 사랑이니, 정의니, 자유 같은, 속세의 백화점에 있는 것들만으로 해결하고 있다. 아무리 시적이 된다 해도 땅 위를 뛰고 걷다 보면, 돈 계산을 잊을 만한 여유가 없다. 셸리가 종달새 울음소리를 들으며 탄식한 것도 무리는 아니다.

기쁘게도 동양의 시가 중에는 그것을 벗어난 것이 있다.

동쪽 울타리 밑에서 국화를 꺾고
한가로이 남산을 바라보네

採菊東籬下（채국동리하)
悠然見南山（유연견남산)*

그저 그게 전부인 곳에, 숨 막힐 듯 더운 세상을 완전히 잊어버린 광경이 펼쳐진다. 울타리 너머로 이웃집 아가씨가 들여다

* 중국 시인 도연명의 시 〈음주(飮酒)〉의 한 구절.

보고 있는 것도 아니고, 남산에 친구가 봉직하고 있는 것도 아니다. 초연히 속세의 번뇌를 벗어나, 이해득실의 땀을 씻어버린 기분이 될 수 있다.

그윽한 대숲 속에 홀로 앉아
거문고 뜯으며 또다시 긴 시를 읊는다
깊은 숲속은 사람이 알지 못하고
밝은 달이 찾아와 서로를 비추네

獨坐幽篁裏（독좌유황리）
彈琴復長嘯（탄금부장소）
深林人不知（심림인부지）
明月來相照（명월래상조）*

고작 스무 글자 안에 여유롭게 별천지를 이루고 있다. 이 별천지가 주는 은혜는《불여귀(不如歸)》나《금색야차(金色夜叉)》**가 주는 은혜가 아니다. 증기선, 기차, 권리, 의무, 도덕, 예의에 지칠 대로 지친 나머지, 모든 것을 망각하고 깊은 잠에 들 수 있는

* 중국 시인 왕유의 시 〈죽리관(竹里館)〉의 한 구절.
** 《불여귀》는 도쿠토미 로카의 소설, 《금색야차》는 오자키 고요의 소설로, 메이지 시대를 대표하는 베스트셀러였다.

은혜다.

20세기에 수면이 필요하다면, 20세기에 속세의 번뇌를 벗어난 이런 시의 맛은 소중하다. 아쉽게도 지금은 시를 짓는 사람도, 시를 읽는 사람도 전부 서양인에게 물들어버린 탓에, 굳이 한가로운 조각배를 띄워 이 도원경으로 거슬러 올라가려는 이는 없는 것 같다. 나는 애초에 시인을 업으로 하지 않기에, 왕유나 도연명의 영역을 요즘 세상에 포교하며 퍼뜨리려는 마음은 없다. 다만 나 자신에게는 이런 감흥이 공연보다도 무도회보다도 더 약이 되는 것 같다. 파우스트보다도, 햄릿보다도 더 고마운 생각이 든다. 이렇게, 나 홀로 물감상자와 삼각대를 메고 봄날의 산길을 느릿느릿 걷는 것도 오로지 그 때문이다. 도연명과 왕유의 시경을 자연에서 곧바로 흡수하여, 잠시만이라도 비인정(非人情)*의 천지를 거닐고 싶기 때문이다. 일종의 취흥이다.

물론 나는 한 사람의 인간이기 때문에, 아무리 좋아도 비인정이 그렇게 오래 계속될 수는 없다. 도연명이라도 일 년 내내 남산만 바라보고 있지는 않았을 테고, 왕유도 좋아라 하며 대숲에서 모기장도 치지 않고 잠을 자지는 않았을 것이다. 역시 쓰다 남은 국화는 꽃집에 팔았을 테고, 자라난 죽순은 야채 가게에 팔

* 인간관계나 인간의 감정을 벗어나, 사물을 있는 그대로 받아들이는 것. 이와나미쇼텐의 《정본 소세키 전집》에 따르면, '비인정'이란 인정과 몰인정을 초월한 개념의 말로, 소세키의 독자적인 용어로 볼 수 있다, 라고 나와 있다.

아 치웠을 것이다. 이렇게 말하는 나도 마찬가지다. 아무리 종달새와 유채꽃이 좋다고 해도, 산속에서 노숙할 만큼 비인정이 심하지는 않다. 게다가 이런 곳에서조차 인간과 마주친다. 옷 뒷자락을 허리띠에 쑤셔 넣고 수건으로 얼굴을 감싼 사람, 붉은 치마를 두른 아가씨, 때로는 인간보다 얼굴이 긴 말까지 마주칠 때가 있다. 백만 그루의 노송나무에 둘러싸이고, 해발 수백 척 고지의 공기를 들이쉬고 내뱉는다 해도, 사람의 냄새는 여간해서 지워지지 않는다. 지워지기는커녕, 오늘 밤 산을 넘어 머물게 될 숙소는 나코이*의 온천장이다.

다만 사물은 어떻게 보느냐에 따라 뭐든지 될 수 있다. 레오나르도 다빈치는 제자에게, 저 종소리를 들어보아라, 종은 하나지만 소리는 온갖 것으로 들린다, 라고 했다고 한다. 한 사람의 남자도, 한 사람의 여자도, 보기에 따라서는 어떤 모습도 될 수 있다. 어차피 비인정을 위해 떠난 여행이니까, 그런 마음으로 인간을 바라본다면, 속세의 골목집에서 답답하게 지내던 때와는 다를 것이다. 설령 인정을 완전히 벗어날 수는 없다 하더라도, 적어도 노(能)**를 구경할 때만큼의 심정처럼 담담해질 수는 있을

* 가공의 지명. 구마모토의 오아마 온천을 모델로 한 것으로 알려져 있다.
** 14세기부터 6백년 넘게 이어져온 일본의 대표적 무대 예술로, 가면과 아름다운 의상으로 전용 무대에서 상연되는 가무극.

것이다. 물론 노에도 인정은 있다. 《시치키오치(七騎落)》*나 《스미다가와(墨田川)》**를 보면서도 울지 않을 거라는 보장은 할 수 없다. 하지만 그것은 삼십의 정(情)과 칠십의 예(藝)로 보여주는 기예다. 우리가 노에서 얻는 고마움은 인간 세계의 인정을 있는 그대로 그려내는 솜씨에서 나오는 것이 아니다. '있는 그대로'에, 예술이라는 옷을 몇 겹이나 입히고, 세상에 없을 법한 느긋한 움직임을 보여주기 때문이다.

이번 여행 중에 일어나는 일과 여행에서 만나는 인간을 노의 줄거리와 배우의 몸짓이라 여기고 바라보면 어떨까. 인정을 완전히 내버릴 수는 없겠지만, 근본이 시적으로 이루어진 여행이기에, 비인정을 하는 김에, 가능한 한 줄이고 줄여서 거기까지는 배를 저어 가고 싶다. 남산이나 대숲과는 분명 다른 성격이겠지만, 또한 종달새나 유채꽃과 함께할 수도 없겠지만, 가능한 한 그것에 다가가고, 그렇게 다가갈 수 있는 동안은 그것과 똑같은 관찰점에서 인간을 바라보고 싶다. 바쇼라는 남자는 머리맡에 말이 오줌을 싸는 것조차 우아하다고 여기며 하이쿠를 지었다. 나도 이제부터 만나는 인물을 — 농사꾼이든, 장사꾼이든, 면서기든, 할아버지든, 할머니든 — 전부 다 대자연 속의 점경(點

* 주군을 구하려고 자식을 희생하는 충신의 이야기. 작자 미상.

** 팔려 간 자식을 찾아 머나먼 길을 떠나는 어머니의 비탄을 그린 이야기. 간제 모토마사 작품.

景)으로 그려진 것이라 가정하며 바라보려 한다. 물론 그림 속의 인물과 달리, 그들은 저마다 제멋대로 움직일 것이다. 하지만 보통의 소설가처럼, 그 제멋대로인 행동의 근본을 더듬어가며 심리 작용에 끼어들거나 인간사의 갈등을 파고든다면 속된 것이 된다. 움직여도 상관없다. 그림 속의 인간이 움직인다고 보면 괜찮은 것이다. 그림 속의 인물은 아무리 움직여도 평면 밖으로 나올 수 없다. 평면 밖으로 뛰쳐나와 입체적으로 움직인다고 생각하기 때문에, 나 자신과 충돌하거나 이해관계가 생기며 번거로워지는 것이다. 번거로워질수록 미적으로 바라볼 수 없게 된다. 이제부터 만나게 될 인간에게는 초연히 멀리서 바라보는 마음으로, 인정이라는 전기(電氣)가 서로에게 함부로 흐르지 않게 할 것이다. 그렇게 하면 상대방이 아무리 움직인다 해도 내 마음속으로 쉽게 뛰어들지 못한다. 말하자면 그림 앞에 서서, 그림 속의 인물이 그림 속을 이리저리 돌아다니는 것을 보는 것과 다를 게 없는 것이다. 석 자만 떨어져 있으면 차분히 바라볼 수 있다. 불안한 마음 없이 볼 수 있다. 달리 말하면, 이해관계에 마음을 뺏기지 않으니, 온 힘을 다해 그들의 동작을 예술적 방면에서 관찰할 수 있다. 아무런 잡념도 없이, 아름다운지 아름답지 않은지 감식할 수 있다.

여기까지 마음먹었을 때, 하늘이 심상치 않다. 우물쭈물하던 구름이 머리 위에 드리워졌나 싶더니 어느새 무너지기 시작했다. 사방이 온통 구름바다가 되었나 하고 긴가민가하는 사이에, 보슬보슬 봄비가 내리기 시작했다. 유채꽃은 한참 전에 지나치고, 지금은 산과 산 사이를 지나고 있지만, 빗줄기가 거의 안개로 여겨질 만큼 짙어, 얼마나 떨어져 있는지 알 수가 없다. 이따금 바람이 불어와 높은 구름을 걷어버릴 때, 거무스름한 산마루가 오른쪽에 보일 때가 있다. 어쩌면 골짜기 하나를 사이에 두고 맞은편 산줄기가 이어지고 있는 모양이다. 왼쪽은 곧바로 산기슭인 것 같다. 안개 자욱한 빗속에서 소나무 같은 것이 이따금 고개를 내민다. 내미는가 싶으면 숨어버린다. 비가 움직이는 건지, 나무가 움직이는 건지, 꿈이 움직이는 건지, 왠지 묘한 기분이다.

길은 의외로 넓어지고 평평해져서 걷기에 힘들지는 않지만, 우비를 준비하지 않아서 길을 서두른다. 모자에서 빗방울이 뚝뚝 떨어질 때쯤, 대여섯 간쯤 앞에서 방울 소리가 나더니 검은 빗속에서 마부가 휘익 나타났다.

"이 근처에 쉴 만한 곳이 없을까요?"

"열다섯 정쯤 가면 찻집이 있습니다. 많이 젖었네요."

아직 열다섯 정이나 남았나, 하고 뒤를 돌아보는 사이에, 마부의 모습은 그림자처럼 비에 감싸이며 다시 휘익 사라졌다.

쌀겨 같아 보이던 빗방울은 점점 굵고 길어져, 지금은 한 줄기

한 줄기가 바람에 휘감기는 모습까지 눈에 들어온다. 하오리*는 한참 전에 흠뻑 젖어, 속옷에 스며든 물이 몸의 온기로 미지근하게 느껴진다. 불쾌한 기분에, 모자를 내려쓰고 부랴부랴 걷는다.

연먹빛의 아득한 세계를 은빛 화살 몇 줄기가 비스듬히 달리고, 그 속을 하염없이 비에 젖으며 걸어가는 나를, 내가 아닌 누군가의 모습이라 생각하면, 시가 되기도 하고, 하이쿠로 읽히기도 한다. 있는 그대로의 나 자신을 완전히 잊고 순수한 객관의 눈을 가질 수 있을 때, 비로소 나는 그림 속의 인물이 되어 자연의 풍경과 아름다운 조화를 이룬다. 다만, 쏟아지는 비에 마음이 괴롭고, 내딛는 발의 피로함에 신경이 쓰이면, 그 순간 나는 이미 시 속의 사람도, 그림 속의 사람도 아니다. 여전히 시정(市井)의 한 풋내기에 지나지 않는 것이다. 구름이 날아가고 안개가 움직이는 정취도 눈에 들어오지 않는다. 꽃이 지고 새가 우는 흥취도 마음속에 일지 않는다. 쓸쓸히 홀로 봄의 산길을 걷는 내가 얼마나 아름다운지는 더더욱 알 수 없다. 처음에는 모자를 내려쓰고 걸었다. 나중에는 그저 발등만 쳐다보며 걸었다. 끝내는 어깨를 옴츠리고 조심조심 걸었다. 비는 눈 안에 들어온 모든 나뭇가지를 흔들며, 외로운 나그네를 향해 사방에서 들이친다. 비인정이 조금 지나쳤던 모양이다.

---

* 상의에 걸쳐 입는 길이가 짧은 겉옷.

2

"계시오?" 하고 불렀지만 대답이 없다.

처마 밑으로 안쪽을 들여다보니, 그을어 찌든 장지문이 닫혀 있다. 건너편은 보이지 않는다. 짚신 대여섯 켤레가 쓸쓸히 차양에 매달려, 따분하다는 듯 대롱대롱 흔들린다. 밑에는 막과자 상자가 세 개쯤 놓여 있고, 그 옆에는 5리(厘)짜리 동전*과 분큐 동전**이 흩어져 있다.

"계시오?" 하고 또 부른다.

토방 한구석에 놓인 맷돌 위에 부루퉁하게 있던 닭이 놀라서

* 메이지 시대에 발행된 구리 동전.
** 에도 시대 말에 발행되어 메이지 시대까지 유통된 청색 동전.

잠을 깬다. 꾸꾸꾸, 꾸꾸꾸 하고 법석을 떤다. 문지방 밖의 흙 부뚜막은 방금 내린 비에 젖어 반쯤 색이 변해 있고, 그 위에 새까만 찻주전자가 얹혀 있는데, 흙 주전자인지 은 주전자인지 모르겠다. 다행히 밑에는 불이 지펴져 있다.

대답이 없어, 허락도 없이 성큼 들어가 의자에 걸터앉았다. 닭은 날개를 퍼덕이며 맷돌에서 뛰어내린다. 그리고 다다미 위로 올라갔다. 장지문이 닫혀 있지 않으면 안에까지 뛰어들 작정인지도 모른다. 수탉이 굵은 소리로 꼬끼오 하고 울자, 암탉이 가는 소리로 꼬꼬꼬 하고 운다. 나를 마치 여우나 개쯤으로 여기는 것 같다. 의자 위에는 한 되들이쯤 되는 담배통이 한가로이 놓여 있고, 안에는 또아리를 튼 선향(線香)이 시간 가는 줄도 모르는 체 무척이나 느긋하게 연기를 피우고 있다. 비는 차츰 잦아든다.

조금 있으니 안쪽에서 발소리가 나면서 찌든 장지문이 드르륵 열린다. 안에서 할머니 하나가 나온다.

어차피 누군가 나올 거라고는 생각했다. 아궁이에는 불이 타오르고 있다. 과자 상자 위에는 동전이 흩어져 있다. 선향은 느긋하게 연기를 피우고 있다. 어차피 나오게 되어 있는 것이다. 하지만 가게를 활짝 열어두고도 걱정이 없어 보이는 것이 도시와는 조금 다르다. 대답도 없는데 의자에 앉아 언제까지고 기다리고 있는 것도 20세기라고는 받아들이기 어렵다. 이런 것들이 비인정이라서 재미있다. 게다가, 밖으로 나온 할머니의 얼굴이 마음에 들었다.

이삼년 전 호쇼(宝生)류 무대*에서 《다카사고(高砂)》**를 본 적이 있다. 그때, 이건 아름다운 활인화***구나 하고 생각했다. 빗자루를 멘 할아버지가 무대 위를 대여섯 걸음 걸어 나와 슬며시 돌아서더니 할머니와 마주본다. 서로 마주보는 그 자세가 지금도 눈에 선하다. 내 자리에서는 할머니의 얼굴이 거의 정면으로 보였기 때문에, 아아 아름답구나, 하고 생각한 그때, 할머니의 그 표정이 찰칵 하고 내 마음속 카메라에 찍히고 말았다. 찻집 할머니의 얼굴은 그 사진에 피가 흐르고 있나 싶을 만큼 닮았다.

"할머니, 여기 좀 앉았습니다."

"예에, 아이구, 전혀 몰랐어요."

"비가 꽤 왔네요."

"하필이면 날씨가 이래서, 고생 많으셨겠구먼. 아유, 흠뻑 젖으셨네. 지금 불 피워서 말려드리지요."

"저기를 좀 더 피워주시면 쬐면서 말릴게요. 잠깐 쉬었더니 춥네요."

---

* 일본 전통 연극인 노가쿠(能楽)의 유파 중 하나인 호쇼류의 극을 공연하던 무대를 말한다. 당시 도쿄에 있었다.

** 제아미의 작품으로 소나무의 정령인 할아버지와 할머니가 소나무의 신비에 대해 서로 이야기하는 내용이다.

*** 역사상, 전설상의 인물로 분장한 사람이 배경 앞에 서서 그림 속의 인물로 보이게 하는 것으로 메이지 시대에 서양에서 들어왔다.

“예에, 바로 피워드리지요. 그럼 차라도 한 잔.”

할머니는 일어나면서 쉬이 쉬이 두 마디로 닭을 내쫓는다. 꼬꼬꼬꼬 하며 달아나는 부부 닭은 진갈색 다다미 위에서 과자 상자 안을 짓밟고는 길로 뛰쳐나간다. 수탉이 도망가면서 과자 위에 똥을 쌌다.

“자, 여기.”

할머니는 어느새 나무 쟁반 위에 찻잔을 얹어 내온다. 검게 그을린 갈색 쟁반 바닥에는 일필(一筆)로 그려진 매화 세 송이가 아무렇게나 새겨져 있다.

“여기 과자도 좀.”

이번에는 닭이 짓밟은 참깨 과자와 찹쌀가루 과자를 가져온다. 똥이 어디 묻어 있지는 않나 하고 살펴봤지만, 그건 상자 안에 남겨져 있었다.

할머니는 조끼 차림에 옷소매를 걷어 올리고 아궁이 앞에 쪼그린다. 나는 품속에서 사생첩을 꺼내 할머니의 옆얼굴을 그리면서 말을 붙인다.

“한적해서 좋네요.”

“예, 보시다시피 산골 마을이라.”

“휘파람새는 우나요?”

“예, 매일같이 울지요. 이 근처는 여름에도 울어요.”

“듣고 싶네요. 전혀 안 들리니까 더 듣고 싶어요.”

"하필이면 오늘. 좀 전의 비 때문에 어디론가 도망갔나 봐요."

그때 마침 아궁이 안에서 탁탁 소리가 나더니, 붉은 불꽃이 바람을 화라락 일으키며 한 자 넘게 치솟는다.

"자, 좀 쬐시구려. 많이 추울 텐데."

처마 끝을 보니, 파란 연기가 처마에 닿아 흐트러지며 그래도 여전히 희미한 흔적을 차양에 휘감고 있다.

"아아, 좋다. 덕분에 살았습니다."

"마침 비도 그쳤네요. 저기 보세요, 텐구 바위가 보이기 시작했어요."

머뭇머뭇 구름이 깔리는 봄 하늘을, 답답하다는 듯 날려버리는 산바람이 시원하게 지나간 앞산 한 모퉁이는 미련도 없이 활짝 개어 있고, 노파가 가리키는 쪽에 거칠게 깎은 기둥처럼 우뚝 솟은 것이 텐구 바위라고 한다.

나는 먼저 텐구 바위를 바라보다가 그다음에는 할머니를 바라보고, 그러고는 양쪽을 반반씩 비교하며 보았다. 화가인 내 머릿속에 존재하는 노파의 얼굴이라면, 《다카사고》에 나오는 할머니와, 로세쓰(芦雪)*가 그린 산속의 마귀할멈뿐이다. 로세쓰의 그림을 보았을 때, 이상적인 노파의 모습이란 섬뜩한 거구나 하고 느꼈다. 단풍 속이나, 차가운 달 아래에 놓여 있어야 하는

* 나가사와 로세쓰. 에도 시대의 화가.

거라고 생각했다. 그런데 호쇼류 노의 특별공연을 보고 나서 비로소 노파에게도 이런 다정한 표정이 있을 수 있구나 하고 놀랐다. 그 노파의 가면은 분명 명인이 만든 것이리라. 안타깝게도 작가 이름은 기억나지 않지만, 노인도 그런 식으로 그려지니 여유롭고 온화하고 따스해 보인다. 금색 병풍과, 봄바람과, 또는 벚꽃과 함께 어울려도 손색이 없는 생김새다. 나는 덴구 바위보다는, 허리를 펴고 손으로 이마를 가린 채 멀리 맞은편을 가리키고 있는 조끼 차림의 할머니가 봄날의 산길 풍경에 더 어울린다고 생각했다. 내가 사생첩을 들고, 조금만 더, 하고 생각한 순간, 할머니의 자세는 흐트러졌다.

나는 할 일도 없어 사생첩을 불에 쬐어 말리면서 말했다.

"할머니, 건강해 보이시네요."

"예. 다행히도 몸이 튼튼해서. 바느질도 하고, 삼베도 짜고, 찹쌀가루도 빻는답니다."

이 할머니가 맷돌을 가는 모습이 보고 싶어졌다. 하지만 그런 주문은 할 수 없으니 다른 것을 물어본다.

"여기서 나코이까지는 일 리가 좀 못 되지요?"

"예, 스물여덟 정쯤 됩니다. 손님은 온천 치료 때문에 가시는지……?"

"붐비지 않으면 잠시 머무를까 하는데, 뭐 마음이 내키면요."

"붐비긴요, 전쟁 나고는 아예 오는 사람이 없어요. 문을 닫은

거나 마찬가지랍니다."

"이상한 일이네요. 그럼 묵지 못할 수도 있겠군요."

"아니, 부탁하면 언제든지 묵을 수 있어요."

"여관은 한 집뿐이지요?"

"예, 시호다 씨라고 물어보면 금방 알 수 있어요. 마을의 부자인데, 온천 치료장인지 은둔지인지 알 수가 없어요."

"그래서 손님이 없어도 괜찮은 거군요."

"손님은 처음이신가요?"

"아니요, 오래전에 잠깐 가본 적이 있습니다."

대화는 잠시 끊어진다. 사생첩을 펼치고 조금 전의 닭을 조용히 그리고 있는데, 차분해진 귓가에 딸랑딸랑 하고 말방울 소리가 들리기 시작했다. 그 소리가 저절로 박자를 맞춰 머릿속에 일종의 가락이 생긴다. 잠을 자는데, 꿈속에서 옆의 맷돌 소리에 이끌려가는 듯한 기분이다. 나는 닭을 그리기를 멈추고, 페이지 한 귀퉁이에 이렇게 써보았다.

봄바람이여
이젠(惟然)*의 귓가에

* 에도 시대의 하이쿠 시인 히로세 이젠. 바쇼의 제자로 바쇼 사후에 바쇼의 하이쿠를 염불처럼 읊으며 전국을 돌아다녔다.

말방울 소리

산을 오를 때, 말 대여섯 마리와 마주쳤다. 마주친 대여섯 마리는 전부 배에 천을 두르고 말방울을 울리고 있었다. 요즘 세상의 말 같지 않다는 생각이 들었다.

조금 있으니 한가로운 마부의 노래가 봄 깊은 쓸쓸한 한줄기 산길의 꿈을 깨뜨린다. 가련함 속에 편안한 울림이 담겨 있어, 아무리 생각해도 그림에 그려진 노랫소리다.

마부의 노래
스즈카 산을 넘네
봄날의 비

이렇게 이번에는 비스듬히 써넣었는데, 쓰고 보니 이건 내가 지은 하이쿠가 아니구나 하고 깨달았다.*

"또 누가 왔네요."

할머니가 반쯤 혼잣말처럼 말한다.

한줄기뿐인 봄의 길이라, 가는 이도 오는 이도 다들 친해 보인

---

* 소세키의 친구인 하이쿠 시인 마사오카 시키의 하이쿠 중에 "마부의 노래 / 스즈카 산을 오르네 / 봄날의 비"라는 구가 있다.

다. 조금 전에 마주친 대여섯 마리의 말이 울리는 딸랑딸랑 소리도, 이 할머니의 마음속에 '또 누가 왔구나' 하는 생각을 떠올리게 하며 산을 내려가고 또 올라갔을 것이다. 길은 적막한 고금(古今)의 봄을 꿰뚫고, 꽃을 싫어하면 발 디딜 곳 없는 이 작은 마을에서, 할머니는 몇 해 전부터 딸랑딸랑 소리를 헤아리며 오늘의 백발에 이르렀을까.

마부의 노래여
백발도 물들이지 못하고
저무는 봄

뒷장에 이렇게 쓰긴 했지만, 이것만으로는 내 느낌이 다 표현되지 않은 것 같아, 좀 더 방법이 있을 것 같은데, 하고 연필 끝을 바라보며 생각했다. 어떻게든 '백발'이라는 글자를 넣고, '몇 해의 가락'이라는 구절을 넣고, '마부의 노래'라는 표제어도 넣고, 봄의 계절어도 더해서, 그것을 열일곱 자로 짓고 싶어 머리를 짜내고 있는데,

"안녕하십니까!" 하고 진짜 마부가 가게 앞에 멈춰 서서 큰 소리로 말을 건다.

"아이구, 겐 씨구먼. 또 성아랫마을로 가는가?"

"뭐 살 거라도 있으면 사다 드릴게요."

"그럼 혹시 가지 마을을 지나거든 레이간지 절에서 부적 한 장만 받아 우리 딸한테 전해주겠나?"

"예, 그러지요. 한 장요? 아키 씨는 좋은 집에 시집가서 행복하겠네. 안 그래요, 아주머니?"

"다행히 요즘은 괜찮네. 뭐 행복하다고 할 수 있겠지."

"행복하다마다요, 아주머니. 저기 나코이 댁 아가씨와 비교해 보세요."

"참 안 됐지. 그렇게 고운 얼굴로. 요즘은 좀 나아졌는가?"

"뭘요, 여전하죠."

"큰일이네."

할머니가 크게 한숨을 쉰다.

"큰일이죠."

겐 씨가 말의 코를 쓰다듬는다.

가지가 무성한 산벚나무의 잎도 꽃도, 깊은 하늘에서 떨어진 모습 그대로의 빗방울을 촉촉이 머금고 있었지만, 때마침 불어온 바람에 방심했던지 더 이상 견디지 못하고, 잠시 살던 집에서 포르르 구르며 떨어진다. 말이 놀라서 긴 갈기를 위아래로 흔든다.

"이놈!"

야단치는 겐 씨의 목소리가 딸랑딸랑 소리와 함께 나의 명상을 깨뜨린다.

할머니가 말한다.

"겐 씨, 난 말이야, 시집가던 때 모습이 아직도 눈앞에 어른거린다네. 옷단에 무늬가 들어간 후리소데* 차림에, 다카시마다 머리**를 하고, 말에 올라타서……"

"아, 배가 아니었구나. 말이었어. 그때도 여기서 쉬었다 갔죠 아주머니?"

"그럼, 그 벚나무 아래서 아가씨가 탄 말이 멈췄을 때, 벚꽃이 하늘하늘 떨어져 애써 손질한 머리가 얼룩덜룩해졌지."

나는 다시 사생첩을 펼친다. 이 풍경은 그림도 되고 시도 된다. 마음속에 신부의 모습을 떠올리고, 그때의 모습을 상상해보며 흐뭇한 표정으로 써넣는다.

꽃이 필 무렵
산을 넘어 고귀한
말 위에 신부

이상하게 옷도 머리도 말도 벚꽃도 선명히 눈에 비치는데, 신부의 얼굴만큼은 아무리 해도 떠오르지 않았다. 이 얼굴일까, 저

* 소매가 길게 늘어뜨려진 옷으로, 결혼식 등의 예식 때 입는다.
** 높이 틀어 올려 묶은 머리로, 메이지 시대 이후 신부의 정식 머리 모양이었다.

얼굴일까 하고 잠깐 생각에 잠겨 있는데, 밀레이가 그린 오필리아*의 얼굴이 홀연 떠오르더니, 다카시마다 머리 모양 아래로 쏙 끼어들었다. 이건 아냐, 하고 애써 떠올린 그림을 바로 지워버린다. 옷도 머리도 말도 벚꽃도 한순간에 마음속에서 깨끗이 물러갔지만, 오필리아가 두 손을 모은 채 물 위를 흘러가는 모습만큼은 아슴푸레 가슴에 남아, 빗자루로 연기를 흩트리듯 말끔하지 않았다. 하늘에서 꼬리를 끌며 날아가는 혜성처럼 왠지 묘한 기분이다.

"그럼 가보겠습니다."

겐 씨가 인사를 한다.

"오는 길에 또 들르게. 하필 비가 와서 굽은 길이 힘들겠어."

"예, 좀 힘드네요."

겐 씨는 걷기 시작한다. 겐 씨의 말도 걷기 시작한다. 딸랑딸랑.

"저 남자는 나코이 사람인가요?"

"예, 나코이의 겐베라고 합니다."

"저 사람이 어디어디 집의 신부를 말에 태워서 고개를 넘었다는 말입니까?"

---

* 영국 화가 존 에버렛 밀레이의 대표작. 햄릿의 등장인물 오필리아가 물에 빠져 죽은 모습을 그린 그림이다.

"시호다 댁 아가씨가 성아랫마을로 시집갈 때, 아가씨를 흑마에 태워 겐베가 고삐를 쥐고 지나갔지요. 세월이 빨라서 올해로 벌써 5년이 되는군요."

거울을 마주할 때만 자신의 흰머리를 탄식하는 사람은 행복한 부류에 속하는 사람이다. 손가락을 꼽고서야 비로소 빛처럼 흐른 5년의 세월이 구르는 바퀴처럼 빠르다는 것을 깨달은 할머니는 인간보다는 오히려 신선에 가까울 것이다. 나는 이렇게 대답했다.

"정말 아름다웠겠네요. 보러 왔으면 좋았을걸."

"아하하하, 지금도 보실 수 있어요. 온천장에 가시면 분명 나와서 인사하실 겁니다."

"아아, 지금은 고향에 있군요. 역시 옷단에 무늬 있는 후리소데를 입고 다카시마다 머리를 하고 있으면 좋을 텐데."

"부탁해보시지요. 입고 보여주실 겁니다."

나는 설마 했지만, 할머니는 의외로 진지하다. 비인정의 여행에는 이런 게 나오지 않으면 재미가 없다. 할머니가 말한다.

"아가씨는 나가라의 처녀를 꼭 닮았어요."

"얼굴이요?"

"아니요. 처지가 말입니다."

"아아, 근데 그 나가라의 처녀라는 사람은 누굽니까?"

"옛날 이 마을에 나가라의 처녀라고 하는 아름다운 부잣집 딸이 있었답니다."

"아아."

"그런데 그 아가씨를 두 남자가 동시에 마음을 둔 거예요."

"그렇군요."

"사사다에게 마음을 줄까, 사사베에게 마음을 줄까, 하고 아가씨는 밤낮으로 고민했지만 마음을 못 정했지요. 그러다가 끝내는,

가을이 되면
참억새 꽃잎 위에
맺힌 이슬처럼
사라질 것만 같은
생각이 드는구나*

이런 노래를 읊고는 깊은 강물에 몸을 던져 죽고 말았어요."

나는 이런 산골 마을에 와서, 이런 할머니에게서, 이런 고아한 말로, 이런 고아한 이야기를 들으리라고는 생각지도 못했다.

"여기서 다섯 정쯤 동쪽으로 내려가면 길가에 오륜탑이 있습니다. 오신 김에 나가라 처녀의 무덤을 보고 가시지요."

* 나라 시대의 가인 헤키노나가에노오토메의 시로 《만요슈》에 실려 있다.

나는 속으로 꼭 보고 가야겠다고 마음먹었다. 할머니는 그 뒷이야기를 이어간다.

“나코이의 아가씨도 두 남자 때문에 탈이 났지요. 하나는 아가씨가 교토로 불도 수행을 떠났을 때 만났고, 또 하나는 여기 성 아래에서 제일가는 부자였어요.”

“호오, 아가씨는 어느 쪽에 마음이 있었나요?”

“아가씨는 교토에서 만난 사람에게 마음이 있었는데, 거기에는 여러 가지 이유가 있었겠지만, 부모가 억지로 이곳 사람으로 정하는 바람에……”

“다행히 강물에 몸은 안 던지고 끝이 났네요.”

“그런데 그게, 그쪽도 아가씨의 미모를 원해서 아내로 들였으니 꽤 아껴줬는지는 모르겠지만, 애초에 억지로 시집을 간 거니 아무래도 사이가 좋지 않아 친척들도 무척 걱정을 했나 봅니다. 그런데 이번 전쟁으로 남편이 근무하던 은행이 망한 거예요. 그리고 아가씨는 다시 나코이로 돌아왔지요. 세상 사람들은 아가씨가 몰인정하다느니 박정하다느니 말들이 많습니다. 원래는 참 얌전하고 상냥한 분인데 요즘은 성격이 꽤 거칠어져서 좀 걱정이라고 겐베가 올 때마다 그러는군요. ……”

여기서 더 들으면 모처럼의 정취가 깨진다. 이제야 겨우 신선이 되려는 참인데, 누군가 찾아와, 날개옷을 돌려줘, 돌려줘, 하고 다그치는 듯한 기분이 든다. 구불구불 험한 길을 무릅쓰고 가까스로 여기까지 왔는데, 이렇게 허무하게 속계로 끌려 내려가면 표연히 집을 떠난 보람이 없다. 잡담도 어느 정도 이상 끼어들면, 속세의 냄새가 모공으로 배어들고, 찌든 때로 몸이 무거워진다.

"할머니, 나코이로 가는 길은 하나뿐이지요?"

10전짜리 은화 한 닢을 의자 위에 쨍그랑 내던지며 일어선다.

"나가라 오륜탑에서 오른쪽으로 내려가면 여섯 정쯤 되는 지름길이 나와요. 길은 험해도 젊은 분한테는 그쪽이 나을 겁니다. 찻값을 이렇게나 많이……. 조심해서 가세요."

3

어젯밤에는 묘한 기분이 들었다.

여관에 도착한 것이 밤 8시쯤이었으니 집의 모양, 정원의 양식은 물론 동서의 방향조차 알 수 없었다. 복도 같은 곳을 내내 따라 돌다가 마침내 다다미 여섯 장쯤 되는 작은 방을 안내받았다. 옛날에 왔을 때와는 전혀 다른 느낌이다. 저녁 식사를 끝내고 목욕을 하고 방으로 돌아와 차를 마시고 있는데, 소녀가 와서 이불을 깔까요 한다.

이상한 것은, 여관에 도착했을 때의 손님맞이도, 저녁 식사 시중도, 욕탕으로 안내하는 것도, 이불 까는 일도 전부 다 이 소녀 혼자서 도맡고 있다는 것이다. 그리고 말이 거의 없다. 그렇다고 촌스러운 것도 아니다. 붉은색 오비*를 투박하게 매고 고풍스러운 등롱을 든 하녀를 따라, 복도 같기도 하고 계단 같기도 한 곳을 빙빙 돌았을 때는, 그리고 똑같은 오비에 똑같은 등롱을 든 그 하녀를 따라, 복도인지 계단인지 모를 그 똑같은 곳을 몇 번이고 내려가 욕탕으로 안내받았을 때는, 나는 내가 생각해도 이미 캔버스 안을 돌아다니는 듯한 기분이 들었다.

식사 시중을 들 때는, 요즘은 손님이 없어 다른 방은 청소가 안 되어 있으니 평소에 쓰고 있는 방을 써달라고 했다. 이부자리를 깔 때는, 편히 쉬세요, 하고 다정한 말을 건네며 나갔는데, 그 발소리가 구불구불한 복도를 지나 점점 아래쪽으로 멀어지자, 고요하고 인기척이 없는 것이 마음이 쓰였다.

태어나서 딱 한 번 이런 경험이 있다. 오래전 다테야마에서 시작해 보슈를 지나, 가즈사에서 조시까지 해안을 따라 걸어간 적이 있다. 그때 어느 하룻밤을 어느 곳에서 묵었다. 어느 곳이라고밖에는 표현할 길이 없다. 지금은 지역 이름도, 여관 이름도 까맣게 잊어버렸다. 일단 여관에 묵었는지부터가 의문이다. 용마루가 높은 큰 집에 여자 단둘이 살고 있었다. 내가 묵을 수 있냐고 물으니, 나이 든 쪽이 예, 라고 하고, 젊은 쪽이 이쪽으로, 하며 안내하기에 따라갔는데, 황량하고 넓은 방을 몇 개나 지나

* 허리에 두르는 띠.

더니, 제일 안쪽의 복층으로 안내해주었다. 계단 세 개를 올라 복도에서 방으로 들어가려는데, 판자로 된 차양 아래로 휘어져 있던 대나무 덤불이 저녁 바람을 맞으며 살랑살랑 내 어깨부터 머리까지 쓰다듬는 바람에 정말이지 오싹했다. 툇마루의 판자는 이미 썩어가고 있다. 내년에는 죽순이 툇마루를 뚫고 올라와 온 방이 대나무로 꽉 차겠군요, 라고 하니, 젊은 여자가 아무 말 없이 생글생글 웃으며 나갔다.

그날 밤은 그 대나무가 머리맡에서 부스럭거려 잠을 이룰 수 없었다. 장지문을 여니 뜰은 온통 풀밭이고, 여름밤의 달이 밝아 눈을 돌리니, 울타리도 담장도 없이 곧장, 풀이 무성한 큰 산으로 이어져 있다. 산 너머는 곧바로 넓은 바다로, 철썩철썩 커다란 파도가 인간 세상을 위협하러 온다. 나는 결국 동이 틀 때까지 한숨도 못 이룬 채, 미덥지 못한 모기장 안에서 견디며, 이건 완전히 구사조시(草雙紙)*에나 나올 법한 일이라고 생각했다.

그 후에도 여행을 여러 번 떠났지만, 그런 기분이 든 것은 오늘 밤 여기 나코이 여관에 묵을 때까지 한 번도 없었다.

똑바로 누워 자다가 어쩌다 눈을 떴는데, 위쪽 벽에 붉은색 틀의 액자가 걸려 있다. 누워 있어도 "죽영불계진부동(竹影拂階塵

* 에도 시대에 유행한 삽화가 들어간 책. 주로 괴담이나 연애물이 많았다.

不動)*"이라는 글자가 분명히 읽힌다. '다이테쓰(大徹)'라는 낙관도 또렷이 보인다. 나는 서예에는 전혀 감식안이 없는 사람이지만, 평소 황벽종**의 고센(高泉)*** 화상의 필치를 사랑한다. 인겐(隱元)도, 소쿠히(即非)도, 모쿠안(木庵)****도 저마다 흥취가 있지만, 고센의 글씨가 가장 담백하면서 힘차고, 또한 고상하면서 세련되었다. 지금 이 일곱 글자를 보니, 붓놀림부터 손동작까지 아무리 봐도 고센이라고밖에 생각되지 않는다. 하지만 실제로 다이테쓰라고 쓰여 있으니 다른 사람일 것이다. 어쩌면 황벽종에 다이테쓰라는 승려가 있었을지도 모른다. 하지만 그런 것 치고는 종이 색이 너무 새것이다. 아무래도 최근에 쓴 것이라고 생각할 수밖에 없다.

옆을 본다. 도코노마*****에 걸려 있는 자쿠추(若冲)******의 학 그림이 눈에 띈다. 직업이 직업이니만큼 방에 들어왔을 때 이미 일품이라는 것을 알았다. 자쿠추의 그림은 대부분 정교한 채색

* 명나라의 홍자성이 지은 채근담에 나오는 구절. "대나무 그림자가 계단을 쓸지만 먼지가 일지 않네"라는 뜻이다.

** 일본 선종의 한 종파.

*** 명나라에서 일본으로 넘어온 황벽파의 승려.

**** 인겐은 명나라에서 일본으로 귀화한 황벽파 승려로, 후에 소쿠히와 모쿠안을 일본으로 불러들여 황벽파 선종을 전했다. 일본 황벽파의 상징적인 인물들로 붓글씨가 뛰어나 황벽 삼필로 불린다.

***** 다다미방 한쪽에 한 단 높게 바닥을 만들어 족자나 꽃을 장식하는 곳.

****** 이토 자쿠추. 에도 중기의 화가로 동식물 그림을 주로 그렸다.

이 많지만, 이 학은 세간에 신경 쓰지 않고 일필로 그린 것으로, 한쪽 다리로 사뿐히 선 위에 달걀 모양의 몸통이 두둥실 얹혀 있는 모습은 내가 생각한 그대로로, 탈속의 정취가 긴 부리 끝까지 어려 있다. 도코노마 옆에는 선반이 없고, 평범한 벽장이 이어진다. 벽장 안에는 뭐가 있는지 알 수 없다.

새근새근 잠이 든다. 꿈속으로.

나가라의 처녀가 후리소데 차림으로 흑마를 타고 고개를 넘는데, 갑자기 사사다와 사사베 두 남자가 튀어나와 양쪽에서 잡아당긴다. 여자가 갑자기 오필리아로 변하더니, 버드나무 가지에 올라타 강물 위를 흘러가며 아름다운 목소리로 노래를 부른다. 구해줘야겠다, 하고 생각하며 긴 장대를 들고 쫓아간다. 여자는 괴로워하는 기색도 없이 웃으면서, 노래하면서, 정처 없이 흘러간다. 나는 장대를 메고, 이보시오, 이보시오, 하고 부른다.

거기서 잠이 깼다. 겨드랑이에서 땀이 배어났다. 고아함과 비속함이 묘하게 뒤섞인 꿈을 꾸었구나 하고 생각했다. 옛날 송나라의 대혜 선사라는 사람은 깨달음을 얻고 나니 뭐든 뜻대로 되지 않는 게 없지만, 꿈속에서만큼은 속념이 생겨 고민이라며 오랫동안 괴로워했다는데, 과연 그럴 만하다. 문예를 생명으로 여기는 사람은 조금은 더 아름다운 꿈을 꿔야만 힘을 쓸 수 있다. 이런 꿈으로는 그림도 시도 안 돼, 하고 생각하며 몸을 뒤척이는데, 어느덧 장지문에 달빛이 비쳐 들어 나뭇가지 두세 개가 비스듬히 그림자를 드리우고 있다. 시릴 듯이 차가운 봄밤이다.

기분 탓일까, 누군가 작은 목소리로 노래를 부르고 있는 것 같다. 꿈속의 노래가 이 세상으로 빠져나온 걸까, 아니면 이 세상의 목소리가 아득한 꿈나라로 몽롱하게 섞여 든 걸까, 하며 귀를 기울인다. 분명 누군가가 노래하고 있다. 가늘고 나지막한 목소리임에 분명하지만 잠이 들려는 봄밤에 한줄기 맥박을 희미하게 뛰게 하고 있다. 가락은 그렇다 쳐도, 노랫말을 듣고 있는데, 머리맡에서 부르는 게 아니니 노랫말은 알 수가 없는데도, 들릴 리 없는 그것이 이상하게 잘 들린다.

가을이 되면
참억새 꽃잎 위에
맺힌 이슬처럼
사라질 것만 같은
생각이 드는구나

그렇게 나가라 처녀의 노래를 부르고 또 부르고 하는 것 같다.

처음에는 툇마루 가까이서 들려오던 목소리가 서서히 가늘게 멀어져간다. 갑작스레 멈추는 것에는 갑작스런 느낌은 있지만, 애절함은 옅다. 툭 끊기는 목소리를 듣는 사람의 마음에는 역시 툭 끊기는 느낌이 인다. 하지만 이렇다 할 단락도 없이 자연스레 가늘어지다 어느덧 사라지는 듯한 현상에는, 나 역시 초(秒)를 줄이고 분(分)을 쪼개며 쓸쓸함이 가늘어진다. 죽을 듯 말 듯 죽어가는 병자처럼, 꺼질 듯 말 듯 꺼져가는 등불처럼, 이제 그치려나, 그치려나, 하고 마음을 어지럽히는 이 노래 속에는, 온 세상 봄의 미련을 모조리 그러모은 가락이 있다.

지금까지는 이불 속에서 참으며 듣고 있었지만, 들려오는 소리가 점점 멀어질수록, 꾀어내고 있다는 걸 알면서도 내 귀는 그 소리를 쫓아가고 싶어진다. 가늘어지면 질수록, 설령 귀만 남는다 해도 그 뒤를 쫓아 날아가고 싶은 기분이 든다. 이제는 아무리 애를 태워도 고막에 울리지는 않겠구나 하고 생각한 순간, 나는 더 이상 참을 수가 없어져, 나도 모르게 이불에서 빠져나와 곧바로 장지문을 쓱 열었다. 그 순간, 내 무릎 아래로 비스듬히 달빛이 쏟아진다. 잠옷 위에도 나무 그림자가 흔들리며 떨어졌다.

장지문을 열었을 때는 그걸 알아채지 못했다. 그 목소리는, 하며 귀가 달려가는 방향을 쳐다보니, 그것은 건너편에 있었다. 꽃이라면 해당화인 듯한 꽃줄기를 뒤로 한 채, 어렴풋한 사람의 그림자가 쌀쌀맞게도 달빛을 피해 서 있었다. 저건가, 하는 생각조차 확실히 마음속에 떠오르기도 전에, 검은 것은 꽃 그림자를 짓밟으며 오른쪽으로 몸을 돌렸다. 내 방과 이어진 건물 모퉁이가, 스르르 움직이는 키 큰 여자의 모습을 바로 가려버린다.

빌려 입은 유카타 차림으로 장지문을 붙잡은 채 잠시 멍하니 서 있다가, 이윽고 정신을 차려보니 산골의 봄은 꽤 춥다는 걸 깨달았다. 어쨌든 빠져나온 이불 속으로 다시 돌아가 생각하기 시작했다. 베개 밑에서 회중시계를 꺼내 보니 1시 10분이 지나 있다. 다시 베개 밑에 집어넣고 생각하기 시작했다. 설마 귀신은 아니겠지. 귀신이 아니라면 인간이고, 인간이라면 여자다. 어쩌면 이 집 아가씨인지도 모른다. 하지만 남편과 헤어지고 돌아온 아가씨라면, 한밤중에 산으로 이어진 뜰로 나간다는 게 조금 온당치 않다. 어찌 됐든 좀처럼 잠을 이룰 수가 없다. 베개 밑에 있는 시계까지 째깍째깍 말을 한다. 지금까지 회중시계 소리가 신경 쓰인 적은 없었는데, 오늘 밤만큼은, 생각해봐, 생각해봐 하고 재촉하듯이, 자지 마, 자지 마, 하고 충고하듯이 말을 한다. 괘씸하다.

무서운 것도 그저 무서운 것 그대로의 모습으로 보면, 시가 된다. 두려운 것도, 나를 떠나 그저 독립적으로 두려운 것이라고 생각하면, 그림이 된다. 실연이 예술의 주제가 되는 것도 바로 그 때문이다. 실연의 괴로움을 잊고, 그 다정한 부분, 동정이 담긴 부분, 슬픔이 깃든 부분, 한 걸음 더 나아가 말하자면, 실연의 괴로움 그 자체가 흘러넘치는 부분을, 그저 객관적으로 눈앞에 떠올릴 수 있기 때문에 문학과 미술의 재료가 된다. 세상에는 있지도 않은 실연을 만들어내, 스스로 억지로 번민하며 유쾌함을 탐하는 사람이 있다. 보통 사람들은 이를 평하여 어리석다고 하고 미치광이라고 한다. 하지만 스스로 불행의 윤곽을 그리고 기꺼이 그 안에서 살아가는 것은, 스스로 있지도 않은 산수를 그리고 그 별천지에서 기뻐하는 것과, 예술적 기반을 얻은 점에서는 완전히 같다고 할 수밖에 없다. 그 점에서 보면, 세상의 많은 예술가는 (보통 사람으로서는 어떨지 모르겠지만) 예술가로서는 보통 사람들보다 어리석고 미치광이다. 우리가 짚신을 신고 여행하는 동안은 아침부터 밤까지 힘들다, 힘들다 하며 내내 불평을 늘어놓지만, 남에게 자신의 여행담을 들려줄 때는 불평하는 모습이라고는 조금도 보이지 않는다. 재미있었던 일, 유쾌했던 일은 물론, 예전의 불평조차도 신나게 떠들며 자랑스러워하는 얼굴이다. 그것은 일부러 자신을 기만하거나 남을 속이려는 마음이 아니다. 여행을 하는 동안은 보통 사람의 심정이고, 여행담을 이야기할 때는 이미 시인의 태도이기 때문에 이런 모순이 일어나는 것이다. 그러고 보면 사각의 세계에서, 상식이라는 이름이 붙은 한쪽 모서리를 깎아내어, 삼각의 세계에서 살아가는 이를 예술가라고 불러도 좋을 것이다.

그렇기 때문에 자연의 일이든 사람의 일이든, 속인들은 질색하며 다가가려 하지 않는 것에서, 예술가는 무수한 임랑(琳琅)*

* 아름다운 구슬. 아름다운 시문을 비유할 때 쓰는 말이다.

을 보고, 최상의 보로(宝璐)*를 알게 되는 것이다. 세상은 흔히 이를 미화라고 부른다. 하지만 사실 미화도 무엇도 아니다. 찬란한 광채는 옛날부터 분명히 현상 세계에 실재하고 있다. 하지만 눈에 그늘이 지면 망상의 꽃이 흩날리기 때문에**, 속세의 번거로운 굴레는 끊기 어렵기 때문에, 명예와 치욕, 이익과 손해는 순간순간 자신에게 간절히 다가오기 때문에, 사람들은 터너가 기차를 그리기 전***까지는 기차의 아름다움을 이해하지 못한 채, 오쿄가 유령을 그리기 전****까지는 유령의 아름다움을 알지 못한 채 세월을 흘려보내는 것이다.

내가 방금 본 사람 그림자도, 단지 그뿐인 현상이라고 한다면, 누가 보아도, 누구에게 들려주어도, 시적 정취를 한껏 띠고 있다. 외딴 마을의 온천, 봄밤의 꽃그림자, 달빛 아래의 희미한 노랫소리, 으스름달밤의 모습, 이 모든 것이 예술가가 좋아하는 소재다. 이런 좋은 소재가 눈앞에 있는데도, 나는 쓸데없이 캐물으며 괜한 탐색을 하고 있다. 모처럼의 우아한 정취에 이치를 따

* 아름다운 구슬.
** 중국 선종 사서 중 하나인 전등록에 실린 문구. 속세의 번뇌에 사로잡혀 깨달음을 얻기 어렵다는 의미다.
*** 조지프 말로드 윌리엄 터너는 소세키가 사랑한 영국의 풍경 화가로, 소세키는 터너의 대표작 중 하나인 《비, 증기, 속도-대서부 철도》 속의 기차를 "희미한 색채의 물 위를 가는 기차"라는 말로 묘사했다.
**** 에도 후기의 화가 마루야마 오쿄가 그린 여자 유령의 그림을 말한다.

지는 바람에, 더할 나위 없는 풍류를, 불쾌한 기분이 짓밟아버렸다. 그렇다면 비인정 또한 내세울 만한 가치가 없다. 좀 더 수행을 하지 않으면, 시인이라느니 화가라느니 남에게 떠들어댈 자격이 없다. 옛날 이탈리아의 화가 살바토르 로사는 도둑을 연구하고 싶은 일념에 위험을 무릅쓰고 산적 소굴에 들어갔다는 이야기를 들은 적이 있다. 화첩을 품에 안고 표연히 집을 떠난 이상, 내게도 그만한 각오가 없다면 부끄러운 일이다.

이럴 때 어떻게 해야 시적 기반으로 돌아갈 수 있을까 라고 한다면, 나 자신의 느낌, 그것을 내 앞에 놓아두고, 그 느낌에서 한 걸음 물러나, 있는 그대로 침착하게, 타인이 된 것처럼 그것을 살펴볼 여지만 만들면 되는 것이다. 시인은 자신의 사체를 스스로 해부하여 그 병의 증상을 세상에 발표할 의무를 가지고 있다. 그 방법에는 여러 가지가 있지만 가장 손쉬운 것이라면, 뭐든지 손에 잡히는 대로 열일곱 자로 정리해보는 것이 가장 좋다. 열일곱 자는 시의 형태로는 가장 간편한 것이기 때문에, 얼굴을 씻을 때도, 변소에 있을 때도, 전차를 탔을 때도, 쉽게 지을 수 있다. 열일곱 자가 쉽게 지어진다는 말은, 간단하게 시인이 될 수 있다는 뜻이며, 시인이 된다는 것은 일종의 깨달음이기 때문에 간편하다고 해서 모멸할 필요는 없다. 간편하면 할수록 이롭기 때문에 오히려 존중해야 할 것이다. 예를 들어, 조금 화가 났다고 가정해보자. 화가 난 순간을 열일곱 자로 짓는다. 열일곱 자로 지을 때는 나 자신의 분노가 이미 타인의 것으로 변해 있다. 화를 내고, 하이쿠를 짓고, 그렇게 한 사람이 동시에 움직이지는 않는다. 눈물을 조금 흘린다. 이 눈물을 열일곱 자로 짓는다. 그러면 금세 즐거워진다. 눈물을 열일곱 자로 정리했을 때는, 괴로움의 눈물은 내게서 떨어져 나가, 나는 울 수 있는 사람이라는 기쁨만이 남은 나 자신이 된다.

이것이 평소의 내 주장이다. 오늘 밤에도 이 주장을 실행해보려고, 이불 속에서 조금 전의 그 사건을 이래저래 하이쿠로 지어본다. 짓고 나서 써두지 않으면 흩어져버려서 안 된다. 공들인 수행이니까 여느 때처럼 사생첩을 펼쳐서 머리말에 놓아둔다.

해당화의
이슬을 뒤흔드네
미치광이

맨 앞에 이렇게 써놓고 읽어보니 딱히 재미는 없지만, 그렇다고 으스스하지도 않다. 그다음에는,

꽃의 그림자
여인의 그림자의
으스름인가

이렇게 지었는데, 이것은 계절어*가 겹쳐 있다. 하지만 어찌 됐든 상관없다. 마음이 차분해지고 느긋해지면 되는 것이다.

여우 한 마리
여인으로 둔갑해
으스름달

또 이렇게도 지어보았는데, 교쿠(狂句)** 같아서 내가 생각해도 웃겼다.

이런 식으로 하니 괜찮구나, 하고 신이 나서, 나오는 대로 하이쿠를 전부 써넣는다.

봄밤의 별을
떨어뜨려 한밤의
비녀로구나

봄날 밤의

---

* 하이쿠에서 계절감을 나타내기 위해 넣는 말. 여기서는 '꽃'과 '으스름'이 봄의 계절어다.
** 익살스러운 하이쿠.

구름에 적시네
감은 머리칼

봄이로구나
오늘 밤 노래하는
고운 모습

해당화의
정령이 나타나는
달밤이런가

노래는 가끔
달빛 아래의 봄을
여기저기로

생각을 멈추니
깊어가는 봄밤에
나 홀로구나

이렇게 짓고 있으니, 어느덧 설핏설핏 잠이 온다.
황홀이라는 말은 이런 경우에 써야 할 형용사인가 하고 생각한다. 깊은 잠에 빠지면 누구도 자아를 인식할 수 없다. 깨어 있을 때는 누구도 바깥 세계를 잊어버릴 수 없다. 다만 두 영역 사이에는 실낱같은 환상의 경계가 가로놓여 있다. 깨어 있다고 하기에는 너무나 몽롱하고, 잠들어 있다고 하기에는 약간의 생기가 남아 있다. 깨어 있는 세계와 잠든 세계를 하나의 병에 담아, 시가(詩歌)라는 붓으로 하염없이 휘저어놓은 듯한 상태를 말하는 것이다. 자연의 색을 꿈으로 빠져들기 직전까지 흐릿하게 번지게 하고, 있는 그대로의 우주를 더한층 안개의 나라로 흘러가게 한다. 수마(睡魔)의 요망한 힘을 빌려 현실의 뾰족한 각을 매끄럽게 하는 동시에, 그렇게 부드러워진 세상에, 내게서 흐르는 둔탁한 맥박을 희미하게 뛰게 한다. 땅을 기어가는 연기가 날아가려 해도 날아갈 수 없는 것처럼, 나의 영혼이 나의 껍질을 벗어나려 해도 벗어날 수 없는 모습이다. 빠져나가려다 망설이고, 망설이다가는 빠져나가려 하고, 그러다 끝내는 영혼이라는 개체를 무도하게 품고 있을 수 없어, 자욱이 낀 어두운 기운이 흩어지지도 않고 온몸을 휘감은 채 그리워하며 따라다니는 기분이다.

내가 이렇게 꿈과 생시의 경계를 헤매고 있는데, 입구의 장지문이 스르륵 열렸다. 문이 열린 곳에 환영처럼 여자의 그림자가 스윽 나타났다. 나는 놀라지 않는다. 무서워하지도 않는다. 그저 기분 좋게 바라보고 있다. 바라보고 있다는 말은 너무 강하다.

감은 내 눈꺼풀 안으로 환영 같은 여자가 예고도 없이 미끄러져 들어온 것이다. 환영은 사뿐사뿐 방 안으로 들어온다. 선녀가 물결 위를 건너는 것처럼, 다다미 위에는 사람의 발소리도 나지 않는다. 감은 눈 안에서 보는 세상이니까 확실히는 알 수 없지만, 살결이 희고 머리칼이 짙고 목덜미가 긴 여자다. 요즘 유행하는 흐릿하게 번진 사진을 불빛에 비춘 것 같은 느낌이다.

환영은 벽장 앞에 멈춰 선다. 벽장문이 열린다. 하얀 팔이 소매에서 빠져나와 어둠 속에서 어른거린다. 벽장문이 다시 닫힌다. 다다미의 물결이 자연스럽게 환영을 되돌려 보낸다. 입구의 장지문이 저절로 닫힌다. 나의 잠은 서서히 깊어진다. 사람으로 죽어, 아직 소로도 말로도 환생하기 전의 상태가 이러할 것이다.

사람과 말의 중간에서 언제까지 잠들어 있었는지 나는 알지 못한다. 귓가에 키득키득하는 여자의 웃음소리가 들렸나 싶더니 잠이 깼다. 눈을 떠 보니 밤의 장막은 한참 전에 걷히고, 세상은 구석구석까지 환하다. 환한 봄의 햇살이 둥근 창의 대나무 격자무늬를 검게 물들인 모습을 보니, 세상에 불가사의한 것이 숨어 있을 여지는 없는 것 같다. 신비는 극락정토로 돌아가, 삼도천* 너머로 건너갔을 것이다.

유카타 차림으로 욕탕에 내려가 5분쯤 아무 생각 없이 탕 안

---

* 저승으로 떠나는 강.

에서 얼굴만 내밀고 있었다. 몸을 씻을 기분도, 탕 밖으로 나갈 기분도 아니다. 그보다 먼저, 어젯밤에는 왜 그런 기분이 들었던 걸까. 낮과 밤을 경계로 이렇게 천지가 뒤바뀐다는 것이 이상하다.

몸을 닦는 것도 귀찮아 대충 닦고 젖은 채로 올라가 욕탕 문을 안에서 열다가, 또 깜짝 놀랐다.

"안녕하세요. 어젯밤은 잘 주무셨습니까?"

문을 여는 것과 거의 동시에 이 말이 들려왔다. 사람이 있다는 예상조차 못 한 상태에서 느닷없이 받은 인사라 곧바로 대답할 틈도 없었다.

"자, 입으시지요."

그러면서 뒤로 돌아가 살며시 내 등에 부드러운 옷을 걸쳐주었다.

"아, 고맙습니다……"

간신히 그 말만 건네며 뒤돌아보니, 곧바로 여자는 두세 걸음 물러났다.

예로부터 소설가는 반드시 주인공의 용모를 있는 힘껏 묘사한다는 것이 일반적인 생각이다. 고금동서의 말 중 미인의 품평에 사용된 것들을 열거한다면, 그 양은 대장경과 겨룰 수 있을지도 모른다. 질릴 만큼 많은 이 형용사들 중에, 내게서 세 발짝 떨어져 몸을 비스듬히 비튼 채, 놀라고 당황해하는 나를 기분 좋다는 듯 곁눈질로 보고 있는 이 여자를 가장 적절히 표현할 만한 용어를 고른다면, 그 수가 얼마나 될지 모르겠다. 하지만 태어난 지 30년이 넘는 오늘에 이르기까지 나는 아직 그런 표정을 본 적이 없다. 미술가의 평에 따르면, 그리스 조각의 이상(理想)은 '단숙(端肅)'이라는 두 글자로 귀결된다고 한다. '단숙'이란 인간의 활력이 움직이려고 하면서도 아직은 움직이지 않는 모습일 것이다. 움직이면 어떻게 변할지, 풍운일지 천둥일지 분간할 수 없는 데서 아득한 여운이 존재하기 때문에, 함축의 정취를 백대 후에 전할 수 있는 것이리라. 세상의 수많은 존엄과 위엄은 이 고요히 정체된 가능의 힘 뒷면에 숨어 있다. 움직이면 드러난다. 드러나면 하나인지 둘인지 셋인지 반드시 결론이 난다. 하나든 둘이든 셋이든 특별한 능력임에는 틀림없겠지만, 이미 하나가 되고 둘이 되고 셋이 되어버렸을 때는 흙탕물을 뒤집어쓴 꼴이 유감없이 드러나니, 본래의 조화로운 모습으로 돌아갈 수는 없다. 그렇기 때문에 '동(動)'이라는 이름이 붙는 것은 어김없이 비천하다. 운케(運慶)의 인왕상(仁王像)*도, 호쿠사이(北斎)**의 삽화도 전부 이 '동'이라는 글자 하나로 실패했다. '동'이냐 '정(靜)'이냐. 그것이 우리 화공의 운명을 지배하는 큰 문제다. 예로

* 가마쿠라 시대의 불사(佛師) 운케가 만든 나라의 도다이지 절에 있는 인왕상.

** 에도 시대의 우키요에 화가 가쓰시카 호쿠사이.

부터 미인의 형용도 대체로 이 두 범주 중 어느 한쪽에 집어넣을 수 있을 것이다.

그런데 이 여자의 표정을 보면, 나는 어느 쪽으로도 판단을 내릴 수가 없었다. 입은 한일자로 다문 채 고요하다. 눈은 작은 틈이라도 찾아내려는 듯 움직이고 있다. 얼굴은 도톰한 빰에 갸름한 형으로 차분함을 한껏 보여주는 데에 비해, 이마는 좁고 여유가 없어, 흔히 말하는 후지산 모양 이마의 속된 느낌을 띠고 있다. 거기다가 눈썹은 양쪽에서 가운데로 쏠린 채, 미간에 박하기름을 몇 방울 떨어뜨린 듯 움찔움찔 초조해한다. 코만큼은 경박하게 날카롭지도 않고, 둔탁하게 둥글지도 않다. 그림으로 그리면 아름다울 것이다. 이렇게 생김새 하나하나가 전부 독특한데, 그것이 어지럽게 우르르 내 두 눈으로 날아들었으니, 당황한 것도 무리는 아니다.

원래는 고요해야 할 대지 한 모퉁이에 결함이 생겨, 생각지도 않게 전체가 움직였지만, 움직이는 것이 본래의 성질에 반한다는 것을 깨닫고는 옛 모습으로 돌아가려고 애를 써도, 이미 평형을 잃은 기세에 눌려 마지못해 움직임을 계속하다가, 이제는 자포자기하여 억지로나마 움직여 보이겠다는 듯한 모습, 만약 그런 모습이 있다고 한다면 바로 그것이 이 여자를 형용할 수 있을 것이다.

그렇기 때문에 경멸의 이면에, 왠지 남에게 기대고 싶어 하는 기색이 보인다. 남을 무시하는 모습의 밑바닥에, 조심스러운 분별이 엿보인다. 재주를 살려 분발하면 백 명의 남자도 대수롭지 않게 여길 기세 아래서, 온화한 인정이 저도 모르게 솟아난다. 아무리 봐도 표정에 일치가 없다. 깨달음과 망설임이 한 집에서 싸움을 하며 동거하고 있는 모양새다. 이 여자의 얼굴에 하나된 느낌이 없는 것은 마음에 하나됨이 없다는 증거이며, 마음에 하나됨이 없는 것은 이 여자의 세계에 하나됨이 없었던 탓이리라. 불행에 짓눌리면서도 그 불행을 이겨내려는 얼굴이다. 행복하지 않은 여자임에 틀림없다.

"고맙습니다."

나는 또 그 말을 하며 살짝 고개 숙여 인사를 했다.

"호호호호, 방은 청소해두었습니다. 가서 보시지요. 그럼 이따가."

그렇게 말하고는 바로 휘익 허리를 틀어 복도를 가볍게 뛰어갔다. 머리는 이초가에시* 모양으로 묶었다. 뒷머리 밑으로 하얀 옷깃이 보인다. 오비는 한쪽 면만 검정 공단인 것 같다.

* 은행잎 모양으로 틀어 올린 머리로, 막부 말기부터 유행하여 소녀부터 30대 여성까지 즐겨 하던 머리 모양이다.

4

멍하니 방으로 돌아가니 정말로 깨끗이 청소되어 있다. 조금 마음에 걸려 혹시나 하고 벽장문을 열어본다. 아래쪽에는 작은 장롱이 보인다. 위에는 무늬가 염색된 오비가 반쯤 늘어뜨려져 있어, 누군가 옷이라도 꺼내 서둘러 나간 것으로 짐작된다. 오비의 윗부분은 고혹적인 옷 사이에 가려져 보이지 않는다. 한쪽에는 책이 조금 채워져 있다. 맨 위에 하쿠인(白隱) 선승이 쓴《오라테가마(遠良天釜)》*와《이세 이야기(伊勢物語)》** 1권이 나란히 놓여 있다. 어젯밤의 환영이 사실일지도 모른다는 생각이 들

* 에도 시대 선승 하쿠인 에카쿠의 법화집으로 선(禪)의 수행법을 설파한 책.

** 헤이안 시대 설화집으로 주로 남녀의 연애를 그린 이야기다.

었다.

아무 생각 없이 방석 위에 앉는데, 자단나무 책상 위에 사생첩이 연필이 끼워진 채 조심스레 펼쳐져 있다. 꿈속에서 써 내려간 하이쿠를 아침에 보면 어떤 느낌일까, 하며 집어 든다.

해당화의
이슬을 뒤흔드네
미치광이

그 밑에 누군가가 뭔가를 써놓았다.

해당화의
이슬을 뒤흔드네
아침 까마귀

연필이라서 글씨체는 확실히 알 수 없지만, 여자라기에는 너무 딱딱하고 남자라기에는 너무 부드럽다. 어, 하고 또 놀란다.

꽃의 그림자
여인의 그림자의
으스름인가

라는 하이쿠 밑에는

꽃의 그림자
여인의 그림자를
포개었구나

라고 적혀 있다.

여우 한 마리
여인으로 둔갑해
으스름달

이렇게 쓴 하이쿠 밑에는

귀한 도련님
여인으로 둔갑해
으스름달

이라고 쓰여 있다.

흉내를 낸 걸까, 시를 첨삭한 걸까, 풍류를 주고받은 걸까, 바보일까, 바보 취급을 한 걸까. 나는 나도 모르게 고개를 갸웃했다.

"그럼 이따가" 라고 했으니 곧 식사 때에 올지도 모른다. 온다면 조금은 사정을 알 수 있을 것이다. 그런데 몇 시지, 하고 시계를 보니, 벌써 11시가 넘었다. 푹 잤나 보다. 그렇다면 점심으로만 때우는 것이 위장을 위해서도 좋을 것이다.

오른쪽 장지문을 열어, 어젯밤의 흔적이 어디쯤일까 하고 바라본다. 해당화라고 짐작한 것은 역시 해당화였지만, 뜰은 생각한 것보다 좁다. 대여섯 개의 징검돌은 온통 푸른 이끼로 덮여 있어, 맨발로 밟으면 아주 기분이 좋을 것 같다. 왼쪽에는 산으로 이어진 절벽 위에 적송이 바위틈에서 뜰 위로 비스듬히 뻗어 나와 있다. 해당화 뒤쪽에는 작은 숲이 있고, 그 안쪽에는 대나무 덤불이 열 장(丈)*쯤 되는 초록을 봄 햇살에 드러내놓고 있다. 오른쪽은 용마루에 가려 보이지 않지만, 지세(地勢)를 짐작해보면 욕탕 쪽을 향해 아래로 내려가고 있음에 틀림없다.

산이 다하여 언덕이 되고, 언덕이 다하여 폭 세 정쯤 되는 평지가 되고, 그 평지가 다하여 바닷속으로 기어들어가, 십칠 리쯤 가다가 또 높이 솟아올라, 둘레 육 리의 마야지마 섬이 된다. 이

* 길이의 단위. 1장은 약 3미터.

것이 나코이의 지세다. 온천장은 언덕 기슭에서 절벽 쪽으로 바싹 붙어 있어, 절벽의 풍경을 정원이 절반쯤 품고 있는 구조로 되어 있기 때문에, 앞에서 보면 이층이지만 뒤에서는 일층이다. 툇마루에 걸터앉아 발을 대롱거리면 발뒤꿈치가 바로 이끼에 닿는다. 그래서 어젯밤에 사다리 같은 계단을 자꾸만 올라갔다 내려갔다 하는 이상한 구조의 집이구나 하고 생각했던 것이다.

이번에는 왼쪽 창문을 연다. 자연스럽게 움폭 팬, 다다미 두 장 크기의 바위 안에 어느새 봄의 물이 고여, 고요히 산벚나무의 그림자를 적시고 있다. 두세 그루의 얼룩조릿대가 바위의 모퉁이를 물들이고, 맞은편에는 구기자나무처럼 보이는 산울타리가 있다. 그 너머는 바다에서 언덕으로 오르는 벼랑길인지, 이따금 사람 목소리가 들린다. 길 건너편에는 남쪽으로 경사진 곳에 귤나무가 심어져 있고, 계곡이 끝나는 곳에 또 커다란 대나무 덤불이 하얗게 빛난다. 대나무 잎이 멀리서 보면 하얗게 빛난다는 것을 그때 처음 알았다. 덤불 위쪽은 소나무가 많이 자란 산으로, 붉은 나무줄기 사이로 돌계단 대여섯 층이 손에 잡힐 듯이 보인다. 아마도 절일 것이다.

입구의 미닫이문을 열고 툇마루로 나가니, 난간이 사각으로 꺾여 있어, 방향으로 보면 바다가 보여야 할 곳에 중정을 사이에 두고 큰길에 면한 이층 방 하나가 있다. 내가 묵고 있는 방도 난간 가까이로 가니 역시 같은 높이의 이층이라는 것이 흥미롭다.

욕조는 땅 밑에 있으니 목욕하는 곳에서 보면 나는 삼층 높이에서 기거하고 있는 셈이다.

집은 꽤 넓지만, 맞은편 이층 방 하나와, 내 방 쪽 난간을 따라 오른쪽으로 꺾인 곳에 있는 방 외에는, 거실과 주방은 몰라도, 객실이라고 부를 만한 것은 대체로 닫혀 있다. 손님은 나 말고는 거의 없는 것 같다. 닫혀 있는 방은 낮에도 덧문을 열지 않고, 한 번 열면 밤에도 닫지 않는 것 같다. 이래서야 문단속이나 하는지 모르겠다. 비인정의 여행에는 그야말로 안성맞춤인 장소다.

시계가 12시가 다 되었는데 밥을 먹여줄 기색이 전혀 없다. 슬슬 배가 고파졌지만 "쓸쓸한 산에 사람은 보이지 않네"*라는 시 속에 있다고 생각하면, 밥 한 끼쯤 줄인다 해도 유감은 없다. 그림 그리는 것도 귀찮다. 하이쿠는 짓지 않아도 이미 하이쿠 삼매경에 빠져 있으니, 지을수록 멋이 없다. 읽으려고 삼각받침대에 묶어 가져온 책 두세 권도 끈을 풀 마음이 생기지 않는다. 이렇게 따스한 봄볕에 등을 쬐며 툇마루에서 꽃 그림자와 함께 뒹굴고 있는 것이 세상에서 가장 큰 즐거움이다. 생각을 하면, 바르지 않은 길로 떨어진다. 움직이면, 위험하다. 할 수만 있다면 코로 숨도 쉬고 싶지 않다. 다다미방에 뿌리를 내린 식물처럼 가만히 2주쯤 지내보고 싶다.

* 공산불견인(空山不見人). 당나라 시인 왕유의 시 〈녹채(鹿柴)〉의 한 구절.

드디어 복도에서 발소리가 나더니 계단 아래서 누군가 올라온다. 다가오는 소리를 듣고 있으니 두 사람인 것 같다. 방 앞에서 멈추나 싶더니, 한 명은 아무 말도 없이 되돌아간다. 미닫이문이 열리기에, 오늘 아침의 그 사람인가 했지만, 역시 어젯밤의 소녀다. 왠지 서운하다.

"늦었습니다" 하고 밥상을 놓는다. 아침 식사에 대해서는 변명이고 뭐고 아무 말이 없다. 생선구이에 푸른 채소가 곁들여졌고, 국그릇 뚜껑을 여니 햇고사리 안에 홍백으로 물든 새우가 가라앉아 있다. 아아, 고운 색이구나, 생각하며 국그릇 안을 바라보고 있었다.

"싫으신가요?"

하녀가 묻는다.

"아니, 이제 먹어야지."

그렇게 말했지만 사실 먹기 아까운 기분이 들었다. 터너가 어느 만찬 자리에서, 접시에 담긴 샐러드를 바라보며, 시원한 색이군, 이게 내가 쓰는 색이야, 하고 옆 사람에게 말했다는 일화를 어떤 책에서 읽은 적이 있는데, 이 새우와 고사리의 색을 터너에게 좀 보여주고 싶다. 도대체 서양의 음식 중에 색이 아름다운 것은 하나도 없다. 있다면 샐러드와 홍당무 정도다. 영양이라는 점에서 보면 어떨지 모르겠지만, 화가의 눈으로 보면 참으로 발달하지 못한 요리다. 그런 점에서 보면, 일본의 밥상은 국물

요리도, 전채 요리도, 생선회도 아름답게 차려진다. 고급 요리를 앞에 두고 한 젓가락도 대지 못하고 바라만 보다가 돌아간다 해도, 눈요기라는 점에서 보면 요릿집에 간 보람은 충분하다.

"이 집에 젊은 여자가 있지?"

국그릇을 내려놓으며 물었다.

"예."

"누구지?"

"젊은 아씨예요."

"그 사람 말고 나이 드신 분도 있나?"

"작년에 돌아가셨어요."

"주인어른은?"

"계세요. 주인 어르신의 따님이세요."

"그 젊은 여자가?"

"예."

"손님은 있나?"

"없습니다."

"나 혼자인가?"

"예."

"아씨는 매일 뭘 하는데?"

"바느질을……."

"그리고?"

"샤미센을 연주하세요."

그건 의외였다. 흥미가 생겨 또 물어보았다.

"그리고?"

"절에 가십니다."

소녀가 말한다.

그것 또한 의외다. 절과 샤미센은 묘하다.

"기도하러 가는 건가?"

"아뇨, 스님한테 가시는 거예요."

"스님이 샤미센이라도 배우는 건가?"

"아니요."

"그럼 뭐 하러 가는 거지?"

"다이테쓰 스님께 가는 거예요."

역시 그렇군, 다이테쓰라는 사람은 그 족자의 글씨를 쓴 이가 분명하다. 그 글귀로 짐작해보면 아마도 선승인 것 같다. 벽장 안에 있던 책《오라테가마》는 분명 그 여자의 물건일 것이다.

"이 방은 평소에 누가 쓰는 곳이지?"

"평소에는 아씨가 계세요."

"그럼 어젯밤에 내가 올 때까지 여기 있었겠군."

"예."

"그건 미안하게 됐군. 그래서 다이테쓰 스님한테는 뭘 하러 가는 거지?"

"모릅니다."

"그리고 또?"

"뭐라고요?"

"그리고 또, 그 밖에 다른 뭔가를 하겠지?"

"그리고 뭐, 이것저것……."

"이것저것, 어떤 거?"

"모릅니다."

대화는 여기서 끊긴다. 식사는 겨우 끝이 난다. 밥상을 치울 때 소녀가 입구의 미닫이문을 열자, 중정의 나무 너머 맞은편 이층 난간에서 이초가에시 머리를 한 여자가 턱을 괴고, 깨달음을 얻은 양류관음* 보살처럼 아래를 내려다보고 있다. 오늘 아침과는 딴판으로 무척이나 고요한 모습이다. 고개를 숙인 채 눈동자의 움직임이 이쪽을 향하고 있지 않으니, 얼굴 표정에 그만큼의 변화가 생긴 것일까. 옛날에 어떤 이는 사람이 가진 것 중에 눈동자보다 좋은 것은 없다**고 했다는데, 과연 그것을 어찌 감출 수 있을까.*** 인간에게서 눈만큼 살아 있는 부분은 없다. 쓸쓸히 몸을 기댄 아(亞)자 형 난간 아래서, 나비 두 마리가 다가갔다 떨어졌다 하며 날아오른다. 바로 그때, 내 방의 미닫이문이 열린

* 중생의 온갖 병을 고쳐준다는 관음.
** 맹자에 나오는 말.
*** 논어에 나오는 말.

것이다. 미닫이 소리에 여자가 갑자기 나비에서 눈을 떼고 내게로 돌렸다. 시선은 독화살처럼 허공을 뚫고 가차 없이 내 미간에 떨어진다. 가슴이 덜컥하는 사이에 소녀가 또 탁 하고 미닫이문을 닫았다. 그 뒤로는 더없이 한가로운 봄이 된다.

나는 또 아무렇게나 드러누웠다. 홀연히 마음속에 떠오른 것은 이런 구절이었다.

Sadder than is the moon's lost light,
Lost ere the kindling of dawn,
To travellers journeying on,
The shutting of thy fair face from my sight.

길 떠나는 나그네에게,
새벽이 밝아오기 전의
사라진 달빛보다도 더 슬프구나,
내 눈에서 그대의 고운 얼굴이 사라지는 것이.*

* 영국의 소설가 조지 메러디스의 소설 《섀그팻의 털깎이(The Shaving of Shagpat)》에 나오는 시로, 연인을 위해 독뱀과 싸우다 죽어가는 남자가 죽음 직전에 연인에게 들려주는 시다. 번역은 옮긴이의 번역으로, 원서에는 영문만 실려 있다.

만약에 내가 이초가에시 머리를 한 그 여자를 연모하여 몸이 부서지더라도 만나야겠다고 생각하던 참에, 조금 전과 같은 눈길 한 번의 이별을 넋이 나갈 만큼 기쁘거나 아쉬워했다면, 나는 분명 그런 의미를 이런 시로 지었을 것이다. 그리고 또 이렇게 두 행을 덧붙였을지도 모른다.

Might I look on thee in death,
With bliss I would yield my breath.

죽어서 그대를 볼 수만 있다면,
나 기꺼이 내 목숨을 바치리라.

다행히 세상에 흔히 있는, 연정이니 사랑이니 하는 경지는 이미 지나왔기에, 그런 괴로움은 느끼고 싶어도 느낄 수가 없다. 그러나 조금 전의 한순간에 일어난 일의 시적 정취는 이 대여섯 행에 넘치도록 드러나 있다. 나와 이초가에시 사이에 이런 절절한 마음이 없다고 해도, 지금 두 사람의 관계를 이 시 안에 적용해보는 것은 재미있다. 또는 이 시의 의미를 우리의 처지에 끌어와서 해석해봐도 유쾌하다. 두 사람 사이는, 이 시에 나타난 상황의 일부분이 사실이 되어, 어떤 운명의 가느다란 실로 칭칭 매여 있다. 실이 이 정도로 가늘다면야 운명도 괴롭지는 않을 것이다. 게다가 그냥 실이 아니다. 하늘을 가로지르는 무지개의 실, 들판에 펼쳐진 안개의 실, 이슬에 반짝이는 거미의 실. 끊으려 하면 바로 끊어지고, 보고 있는 동안은 너무도 아름답다. 그런데 만약 이 줄이 순식간에 굵어져 두레박줄처럼 단단해진다면? 그럴 위험은 없다. 나는 화공이다. 상대방은 보통 여자와는 다르다.

갑자기 미닫이문이 열렸다. 몸을 뒤돌려 입구를 보니, 운명의 상대인 그 이초가에시가 문지방 위에 서서 청자 사발을 쟁반에 얹은 채 가만히 서 있다.

"또 누워 계십니까? 어젯밤엔 실례가 많았습니다. 몇 번이나 방해를 하고, 호호호호" 하고 웃는다. 겁을 먹은 기색도, 감추려는 기색도 없고, 부끄러워하는 기색은 물론 없다. 그저 내 쪽이 선수를 빼앗겼을 뿐이다.

"오늘 아침에는 고마웠습니다."

또 감사 인사를 했다. 생각해보니, 옷을 입혀준 데 대한 인사가 이것으로 세 번째였다. 게다가 세 번 다 그냥 고맙다라는 말뿐이다.

내가 일어나려고 하자, 여자가 재빨리 머리맡에 와서 앉으며 무척 상냥하게 말한다.

"그냥 누워 계세요. 누워 있어도 이야기는 할 수 있지요."

나는 그렇군, 하고 생각하며, 일단 엎드려 양손으로 턱을 괴고, 잠시 다다미 위에 팔꿈치를 세운다.

"심심하실 것 같아 차를 좀 끓여왔습니다."

"고맙습니다."

또 고맙다가 나왔다. 과자 접시 안을 보니, 근사한 양갱이 나란히 놓여 있다. 나는 모든 과자 중에서 양갱을 제일 좋아한다. 그다지 먹고 싶지는 않지만, 그 표면이 매끄럽고 치밀하게, 게다가 반투명하게 빛을 받고 있는 모습은 아무리 봐도 하나의 미술품이다. 특히 푸른빛을 띠게 반죽한 것은 옥구슬과 납석을 섞어 놓은 듯해, 보고 있으니 참으로 기분이 좋다. 더구나 청자 접시에 담긴 푸른 양갱은 청자 안에서 갓 태어난 것처럼 매끌매끌해, 나도 모르게 손을 뻗어 만져보고 싶어진다. 서양의 과자 중에 이토록 쾌감을 주는 것은 하나도 없다. 크림의 색깔은 살짝 부드럽기는 하지만 조금 무겁다. 젤리는 언뜻 보석처럼 보이기는 해도 바르르 떨고 있어 양갱만큼의 묵직함이 없다. 백설탕과 우유로 오층탑을 세우는 것은 말도 안 되는 짓이다.

"음, 정말 멋지군."

"조금 전에 겐베가 사왔습니다. 이거라면 손님도 드실 수 있겠지요?"

겐베는 어젯밤 성아랫마을에서 묵은 모양이다. 나는 별다른 대답도 없이 양갱을 보고 있었다. 누가 어디서 사왔든 상관할 바 아니다. 그저 아름다우면, 아름답다고 생각하는 것만으로 충분히 만족한다.

"이 청자는 모양이 아주 좋군요. 색도 아름답고. 양갱에 비해도 거의 손색이 없네요."

여자는 후훗 하고 웃었다. 입가에 경멸의 파도가 희미하게 일렁였다. 내가 멋을 부리며 말한다고 생각했을 것이다. 정말로 멋을 부리는 말이었다면 경멸당할 만하다. 지혜가 부족한 사람이 억지로 멋을 부릴 때, 종종 그런 말을 하는 법이다.

"이건 중국인가요?"

"뭐가요?"

상대방은 청자는 안중에도 없다.

"아무래도 중국 같은데."

접시를 들어 아래쪽을 살펴보았다.

"그런 걸 좋아하신다면 보여드릴까요?"

"네, 보여주십시오."

"아버지가 골동품을 아주 좋아하셔서 여러 가지 물건이 꽤 있습니다. 아버지께 말씀드려 언제 한번 차라도 하시지요."

차라는 말을 듣고는 조금 멈칫했다. 세상에 다도인만큼 거들먹대는 풍류인은 없다. 드넓은 시의 세계에 굳이 답답하게 테두리를 치고, 지극히 강한 자존심으로, 지극히 유난을 떨며, 지극히 좀스럽게, 쓸데없이 몸을 구부려가며 거품을 마시면서 만족스러워하는 자가 이른바 다도인이다. 그런 번잡한 규칙 안에 우아한 맛이 있다면, 아자부 연대* 안은 우아한 맛 때문에 코가 막혀버릴 것이다. 뒤로 돌아! 앞으로 가! 하고 외치는 무리는 하나같이 위대한 다도인이어야 할 것이다. 그것은 상인이나 장인 같은, 미적 감각의 교육을 전혀 받지 않은 무리가 어떻게 하는 것이 풍류인지 짐작도 못 해, 기계적으로 리큐(利休)** 이후의 규칙을 무턱대고 받아들여, 대충 이런 게 풍류겠지, 하며 오히려 진정한 풍류인을 바보 취급하기 위한 재주다.

"차라고 하면, 어디어디 유파니 하는 그런 차 말입니까?"

"아닙니다. 유파니 뭐니 그런 건 없습니다. 싫으면 마시지 않아도 되는 차입니다."

"그렇다면 이참에 마셔봐도 좋겠군요."

"호호호호. 아버지가 물건들을 남에게 보여드리는 걸 아주 좋아하셔서……"

"칭찬해드려야 하나요?"

"노인네이니 칭찬해주면 기뻐하시겠지요."

"아, 그럼 조금 칭찬해드리지요."

"봐주는 셈치고 많이 칭찬해주세요."

"하하하하. 그런데 당신은 말은 시골이 아니군요."

---

* 도쿄 아자부에 있던 일본 육군 제1사단 제3연대로, 규율이 아주 엄격한 것으로 알려져 있었다.

** 전국시대의 다도인으로 일본 다도를 정립하고 완성한 인물.

"사람은 시골인가요?"

"사람은 시골인 게 좋죠."

"그럼 아주 좋은 거군요."

"그렇지만 도쿄에 산 적이 있죠?"

"네, 있습니다. 교토에도 있었어요. 떠돌이인지라 여기저기 있었습니다."

"여기와 도시, 어느 쪽이 더 좋은가요?"

"똑같아요."

"이런 조용한 곳이 오히려 마음이 편하지요."

"마음이 편하든 안 편하든, 세상은 마음먹기 하나로 어떻게든 됩니다. 벼룩의 나라가 싫어졌다 해서 모기의 나라로 이사 가봤자 되는 건 아무것도 없어요."

"벼룩도 모기도 없는 나라로 가면 되지 않을까요?"

"그런 나라가 있다면 여기에 내놓아보시죠. 자, 어서 보여줘봐요."

여자가 바싹 다가온다.

"원하신다면 보여드리죠."

사생첩을 꺼내, 여자가 말을 타고 산벚나무를 바라보고 있는 마음, 물론 즉석에서 바로 그린 거라 그림은 되지 않지만, 그저 그 마음만을 쓱쓱 그려 코 앞에 들이댔다.

"자, 이 안으로 들어가보시지요. 벼룩도 모기도 없습니다."

놀랄까, 부끄러워할까, 설마 이걸로 난처해하진 않겠지, 하고 생각하며 잠시 기색을 살핀다.

“어머, 답답한 세계로군요. 가로로만 쭉 펼쳐져 있잖아요. 이런 곳을 좋아하시나 보죠? 꼭 게처럼 말이에요” 하고는 치워버렸다.

“아하하하하” 하고 나는 웃는다.

처마 끝 가까이서 울기 시작한 휘파람새가 도중에 울음을 멈추고 먼 곳의 가지로 옮겨간다. 두 사람은 일부러 대화를 멈추고 잠시 귀를 기울였지만, 한번 울음을 그친 목구멍은 쉽게 열리지 않는다.

“어제 산에서 겐베를 만나셨지요?”

“예.”

“나가라 처녀의 오륜탑을 보고 오셨나요?”

“예.”

“가을이 되면, 참억새 꽃잎 위에 맺힌 이슬처럼, 사라질 것만 같은 생각이 드는구나.”

설명도 없이 여자는 곡조도 붙이지 않고 노랫말만 술술 읊었다. 왜 그러는지 알 수가 없다.

“그 노래 말입니다, 찻집에서 들었습니다.”

“할머니가 가르쳐줬나요? 원래 저희 집에서 일하던 사람인데, 제가 시집가기 전에……”

그러더니 말을 멈추고 내 얼굴을 보기에, 나는 모르는 척했다.

"제가 아직 젊었을 때, 할머니는 올 때마다 나가라 이야기를 들려줬어요. 노랫말은 좀처럼 외우질 못했는데, 몇 번이고 듣다 보니 결국 다 암송해버렸지요."

"어쩐지 어려운 걸 알고 있구나, 생각했습니다. 그런데 그 노래는 가련한 노래군요."

"가련한가요? 저라면 그런 노래는 부르지 않겠어요. 무엇보다, 강물에 몸을 던지다니, 부질없지 않나요."

"정말 부질없지요. 당신이라면 어떻게 할 겁니까?"

"어떻게 할 것도 없지 않나요? 사사다도 사사베도 둘 다 애인으로 삼는 수밖에 없겠죠."

"둘 다 말입니까?"

"네."

"대단하군요."

"대단할 것 없습니다. 당연한 거죠."

"그러면 정말로 벼룩 나라도, 모기 나라도 안 가도 되겠군요."

"게처럼 생각하지 않아도 살아갈 수 있겠지요."

호오— 호케쿄—, 잊고 있던 휘파람새가 언제 기운을 되찾았는지 뜻밖에도 소리 높여 갑자기 울어댔다. 한번 기운을 되찾으니, 그 뒤로는 저절로 나오는 모양이다. 몸을 거꾸로 한 채, 부푼 목젖을 떨며 조그만 입이 찢어질 듯 잇달아 울어댄다.

호오— 호케쿄—, 호오— 호케쿄—.

"저것이 진짜 노래입니다."

여자가 내게 가르쳐주었다.

5

"실례지만 손님은 역시 도쿄 분이신가요?"

"도쿄 사람으로 보입니까?"

"보입니까라니요, 척 보면 압니다. 일단 말에서 알 수 있어요."

"도쿄 어디인지는 알 수 있나요?"

"글쎄요. 도쿄는 무지하게 크니까요. 왠지 시타마치*는 아닌 것 같고, 야마노테**죠? 야마노테라면 고지마치일까요? 어? 그럼 고이시카와? 아니면 우시고메나 요쓰야겠죠?"

"뭐 그 근방일 겁니다. 잘 아시는군요."

---

* 상공업에 종사하는 서민들이 주로 모여 사는 저지대의 번화한 상업 지역.
** 주로 무사의 저택이나 절이 많은 고지대의 주택 지구.

"이래 봬도 저도 에도 토박이거든요."

"어쩐지 호탕하시다고 생각했습니다."

"에헤헤헤, 무슨 말씀을. 참, 인간도 이렇게 되고 나니 비참합니다."

"이런 시골에는 왜 또 흘러들어오신 겁니까?"

"틀린 말도 아니네요, 손님 말씀대로입니다. 정말로 흘러들어왔으니까요. 통 먹고살 길이 없어서……"

"처음부터 이발소 주인이었습니까?"

"주인이 아니고 종업원이었죠. 예? 어디였냐고요? 간다마쓰나가초였습니다. 뭐 코딱지만 한 작고 지저분한 동네였죠. 손님은 모르실 겁니다. 거기에 류칸바시라는 다리가 있잖아요. 예? 거기도 모르세요? 류칸바시는 유명한 다리인데."

"저기, 비누칠 좀 더 해주겠습니까? 아파서 안 되겠어요."

"아프다고요? 제가 좀 결벽증이 있어서. 아무래도 이렇게 거꾸로 밀면서 수염 구멍을 하나하나 파내야지 성에 차는지라. 뭐 요즘 이발사들은 면도를 하는 게 아니라 쓰다듬는 거죠. 조금만 참아보십시오."

"참는 건 아까부터 많이 참았어요. 부탁이니까 따뜻한 물이든 비누든 뭘 좀 칠해주시죠."

"더는 못 참으시겠나 보군요. 그렇게 아프진 않을 텐데. 워낙에 수염이 너무 자랐어요."

볼살을 마구 집어 올리던 손을 아쉽다는 듯이 뗀 이발소 주인은 얄따란 붉은색 비누를 선반에서 집어 물에 잠시 담갔다가, 그대로 내 얼굴에 구석구석 문질러댔다. 비누를 통째로 얼굴에 대고 칠하는 경우는 그다지 없다. 게다가 비누를 담근 물도 며칠 전에 퍼 와서 놔둔 물이라고 생각하니 썩 기분이 좋지 않다.

이미 이발소에 들어온 이상, 나는 손님의 권리로 거울을 마주해야 한다. 하지만 나는 조금 전부터 그 권리를 포기하고 싶은 생각이 든다. 거울이라는 도구는 평평하게 되어 있어, 사람의 얼굴을 반듯하게 비추지 않으면 이치에 어긋난다. 만약 그런 성질을 갖추지 않은 거울을 걸어두고, 여기를 보라고 강요한다면, 그걸 강요하는 사람은 어설픈 사진사와 마찬가지로, 거울을 마주한 사람의 외모를 고의로 손상시켰다고 해야 할 것이다. 허영심을 꺾는 것도 수양의 한 방편일지는 모르지만, 굳이 나 자신의 진가보다 못한 얼굴을 보여주며, 이게 당신입니다, 하고 나를 모욕할 필요는 없는 것이다. 지금 내가 어쩔 수 없이 참고 마주해야 하는 거울은 분명 조금 전부터 나를 모욕하고 있다. 오른쪽으로 고개를 돌리면, 얼굴이 온통 코가 된다. 왼쪽을 내밀면, 입이 귀밑까지 찢어진다. 위로 올려다보면, 두꺼비를 정면에서 보는 것처럼 납작 찌부러져 있고, 살짝 숙이면, 복록수(福祿壽)*가

* 칠복신 중 하나로 행복, 부귀, 장수의 신이다. 머리통이 위로 솟아 있다.

점지해준 아기처럼 머리 위가 툭 튀어나와 있다. 적어도 이 거울을 마주하는 동안은 혼자서 온갖 요괴를 겸업해야 한다. 거울에 비친 내 얼굴이 미술적이지 않은 것은 일단 참는다 해도, 거울의 구조며, 색조며, 뒷면의 은종이가 벗겨져 광선이 뚫고 나오는 상태 따위를 종합해보면, 이 거울 자체부터가 추하기 그지없다. 소인배에게 욕을 듣는다면, 욕 그 자체는 딱히 괴롭지 않지만, 그 소인배와 마주보고 살아야 한다면 누구나 불쾌할 것이다.

거기다가 이 주인장은 평범한 주인장이 아니다. 밖에서 들여다보았을 때는 책상다리를 하고 긴 담뱃대를 문 채, 장난감 영일동맹 깃발 위로 연신 담배 연기를 뿜어대며 무척이나 따분해 보였는데, 들어가서 내 머리 손질을 맡겨보니 깜짝 놀랐다. 수염을 깎는 동안, 내 머리는 소유권이 완전히 이발사 손에 넘어간 건지, 아니면 얼마쯤은 내게도 남아 있는 건지 의심스러워질 만큼 가차없이 다뤄진다. 내 머리가 어깨 위에 못으로 박혀 있다 해도 이래서는 오래 버틸 수가 없다.

그는 면도칼을 휘두를 때 문명의 법칙을 털끝만큼도 알지 못한다. 뺨에 닿을 때는 뿌드득 하는 소리가 났다. 구레나룻이 난 곳에서는 드드득 하고 동맥이 울렸다. 턱 주변에서 예리한 면도날이 번뜩일 때는 빠지직빠지직 서릿발을 밟는 듯한 괴이한 소리가 났다. 그런데도 본인은 일본 최고의 실력을 가진 이발사라고 자처하고 있다.

그것도 모자라 그는 취해 있다. 손님, 하고 말할 때마다 묘한 냄새가 난다. 가끔은 이상한 가스를 내 콧등에 뿜어댄다. 이래서는 언제 어느 때 면도날이 어떻게 잘못되어, 어디로 날아갈지 알 수 없다. 면도칼을 쓰는 당사자조차도 분명한 계획이 없는 이상, 얼굴을 빌려준 내가 짐작할 수 있을 리가 없다. 충분히 알고 맡긴 얼굴이니까 약간의 상처라면 불평은 하지 않을 생각이지만, 갑자기 정신이 팔려 목이라도 베인다면 큰일이다.

"비누 따위를 칠하고 깎는 건 말이죠, 실력이 어설프다는 건데, 그래도 손님 수염은 어떻게 할 방법이 없네요."

그러면서 주인이 비누를 통째로 선반 위로 집어 던지자, 비누는 주인의 명령을 거스르고 땅바닥에 굴러떨어졌다.

"손님은 자주 못 뵌 것 같은데, 저기, 얼마 전에 왔습니까?"

"이삼일 전에 왔습니다."

"아아, 어디에 계신데요?"

"시호다에 묵고 있습니다."

"아, 거기 손님이세요? 대충 그럴 거라고 생각했습니다. 사실 저도 그 어르신을 믿고 따라왔지요. 그 어르신이 도쿄에 있을 때 제가 이웃에 살았는데, 그래서 알게 됐어요. 좋은 분입니다. 사리도 밝고요. 작년에 안주인이 돌아가셔서 지금은 골동품만 만지작거리고 있는데, 아무래도 대단한 물건이 있나 봅디다. 팔면 돈이 꽤 될 거라고들 하거든요."

“예쁜 따님이 있지 않습니까?”

“위험해요.”

“뭐가요?”

“뭐가라니요? 손님 앞이긴 하지만, 이혼하고 온 여자예요.”

“그런가요?”

“그런가요, 로 끝날 일이 아니죠. 애초에 돌아오지 않아도 되는 건데. 은행이 망해 사치를 못 부려서 돌아온 거니, 도리가 아니지요. 어르신이 저렇게 있는 동안은 괜찮겠지만, 무슨 일이라도 생기는 날엔 어찌할 방법이 없어요.”

“그런가.”

“당연하지요. 본가의 오빠하고는 사이도 나쁘고.”

“본가가 있습니까?”

“본가는 언덕 위에 있어요. 한번 놀러 가 보세요. 경치가 좋은 곳입니다.”

“저기, 비누칠 한 번만 더 해주겠습니까? 또 아프네요.”

“자주 아픈 수염이네요. 수염이 너무 뻣뻣해서 그래요. 손님 수염은 사흘에 한 번은 꼭 면도를 해야 합니다. 제 면도칼로 아프면 어디를 가도 못 참으실 겁니다.”

“앞으로 그렇게 하죠. 뭣하면 매일 와도 되고.”

“그렇게 오래 머무실 생각입니까? 위험한데. 그만두세요. 쓸데없는 일이에요. 하찮은 사람한테 걸려서 무슨 꼴을 당할지 몰라요."

"왜죠?"

"손님, 그 아가씨가 얼굴은 반반해도 실은 정신이 좀 이상해요."

"왜요?"

"왜라니요, 손님. 마을 사람 전부 다 미치광이라고 하니까요."

"뭔가 잘못 생각한 거겠죠."

"왜냐하면 실제로 증거가 있거든요. 그만두세요, 위험해요."

"난 괜찮은데, 무슨 증거가 있다는 겁니까?"

"이상한 얘기인데. 뭐 천천히 담배라도 피우시죠, 얘기해드릴 테니. 머리 감을까요?"

"머리는 됐습니다."

"그럼 비듬만 털어드리죠."

주인은 때가 낀 손톱 열 개를 사정없이 내 두개골 위에 얹더니, 허락도 없이 앞뒤로 맹렬한 운동을 시작했다. 그 손톱이 검은 머리털 뿌리를 한 올 한 올 헤치며, 거인의 갈퀴가 불모의 땅을 질풍 같은 속도로 지나가듯 왔다 갔다 한다. 내 머리에 머리털이 몇 십만 가닥이 있는지는 모르겠지만, 털이란 털은 모조리 뿌리째 뜯기고, 나머지 지면은 온통 두드러기처럼 부어오르고, 그러고도 남은 기세가 지반을 뚫고 내려가 뼈부터 뇌까지 진동을 느꼈을 만큼 격렬하게 주인은 내 머리를 긁어댔다.

"어떻습니까? 기분 좋죠?"

"솜씨가 범상찮네요."

"뭐라고요? 이렇게 하면 다들 시원해하거든요."

"목이 빠질 것 같네요."

"그렇게 나른하십니까? 전적으로 날씨 때문이에요. 아무래도 봄이란 놈은 이상하게 몸이 축 처지게 하죠. 자, 담배나 한 대 피우시지요. 혼자 시호다에 있으면 심심하죠? 얘기라도 좀 나누실 겸 나오세요. 역시 에도 토박이끼리가 아니면 말이 안 통하니까요. 뭐라고요? 역시 그 아가씨가 나와서 인사하던가요? 도대체가 사리 분별이 없는 여자라서 큰일입니다."

"그런데 방금 목이 빠져라 비듬 털기 전에, 아가씨가 어떻다 어떻다 하지 않았습니까?"

"아, 그렇지, 아무 생각 없이 떠들다 보니 얘기를 끝까지 안 했네요. 그래서 그 중이 홀딱 빠져서……"

"그 중이라니, 어느 중요?"

"간카이지 절에서 잡무 보는 중이……"

"잡무 보는 중이든 주지든, 중 얘기는 아직 한 번도 안 나왔어요."

"어, 그런가? 성질이 급해서 안 된다니까. 몸이 다부지고 색을 밝힐 것 같은 중이었는데, 그놈이 말입니다, 여자한테 홀딱 빠지더니 끝내는 편지를 보낸 겁니다. 아, 잠깐만, 말로 꼬셨나? 아냐, 편지야. 분명히 편지예요. 그랬더니, 아니야, 이야기가 좀 이상한데, 아, 그래, 역시 그렇군, 그랬더니 깜짝 놀라서……"

"누가 놀랐다는 겁니까?"

"여자가……"

"여자가 편지를 받고 놀란 거군요."

"근데, 놀라는 여자라면 귀엽기나 할 텐데, 그런 걸로는 놀라지도 않아요."

"그럼 누가 놀랐다는 거죠?"

"말로 꼬신 쪽이죠."

"말로 꼬신 건 아니라고 했잖습니까?"

"아이구, 답답해. 제가 착각했네요, 편지를 받고서요."

"그럼 역시 여자군요."

"아니, 남자가요."

"남자라면, 그 중 말입니까?"

"예, 그 중이죠."

"중이 왜 놀란 겁니까?"

"왜냐하면요, 본당에서 주지 스님과 독경을 하고 있는데, 갑자기 그 여자가 뛰어 들어온 거예요. 으흐흐흐. 암만 봐도 정신이 나간 거죠."

"그래서 어떻게 됐습니까?"

"그렇게 제가 사랑스러우면 부처님 앞에서 함께 자요, 하더니 느닷없이 다이안 씨의 목에 매달린 거예요."

"어허."

"당황했죠, 다이안은. 미치광이한테 편지를 보냈다가 어처구니없는 창피를 당하고, 결국 그날 밤 몰래 자취를 감추고 죽어버려서……"

"죽었습니까?"

"죽었을 겁니다. 살 수가 없겠죠."

"뭐라 할 말이 없군요."

"맞아요, 상대가 미치광이면 죽어도 뭔가 찜찜하니, 어쩌면 살아 있을지도 모르죠."

"꽤 재미있는 얘기네요."

"재미고 뭐고, 온 마을에 큰 웃음거리였어요. 그런데 정작 본인은, 제정신이 아니니까 그렇겠지만, 뻔뻔하게 아무렇지도 않아요. 뭐 손님처럼 똑 부러진 사람이면 별일 없겠지만, 상대가 상대인지라 함부로 놀리거나 했다간 큰일 납니다."

"좀 조심하지요. 하하하하."

미지근한 바닷가에서 소금기를 머금은 봄바람이 살랑살랑 불어와 이발소의 포렴을 졸린 듯이 펄럭인다. 몸을 비스듬히 기울여 그 밑을 빠져나가는 제비의 모습이 휘익 거울 속으로 떨어진다. 건너편 집에는 예순쯤 되는 할아버지가 처마 밑에 쪼그리고 앉아 묵묵히 조개껍질을 까고 있다. 탁 하고 작은 칼이 닿을 때마다 붉은 속살이 소쿠리 안으로 숨어든다. 조개껍질은 반짝 빛을 발하며 두 자 남짓한 아지랑이 쪽을 향해 가로지른다. 언덕처럼 그득히 쌓인 조개껍질은 굴일까, 개랑조개일까, 긴맛조개일까. 무너지며 떨어진 껍질 몇 개는 속세의 표면에서 모래강 바닥으로 떨어져 어두운 나라에 묻힌다. 묻히고 나면 금세 새 조개가 버드나무 아래에 쌓인다. 할아버지는 조개의 행방을 생각할 겨를도 없이, 그저 텅 빈 껍질을 아지랑이 위로 내던진다. 그의 소쿠리는 밑을 받치는 바닥이 없고, 그의 봄 햇살은 한없이 한가로워 보인다.

모래천은 두 간이 못 되는 작은 다리 밑을 흘러, 바다 쪽으로 봄의 물을 붓는다. 봄의 물이 봄의 바다를 만나는 언저리에서는 들쭉날쭉 펼쳐 말려놓은 그물이, 그물코를 빠져나가 마을로 불어오는 산들바람에 비릿한 온기를 더해주는 게 아닐까 하는 의심이 든다. 그 사이로, 무딘 칼이 녹아 한가로이 꿈틀대는 것처럼 보이는 것이 바다의 색이다.

이 풍경과 이 주인장은 도저히 어울리지 않는다. 만약 이 주인장의 인격이 아주 강렬해, 주변의 풍광과 맞설 정도의 영향을 내 두뇌에 끼쳤다면, 나는 그 둘 사이에서 상극의 느낌을 강하게 받았을 것이다. 다행히도 주인은 그렇게 위대한 호걸은 아니었다. 아무리 에도 토박이라 해도, 아무리 큰소리친다 해도, 혼연하고 한가로운 이 천지의 기상(氣象)에는 비길 수가 없다. 온갖 수다를 떨며 끝까지 이 상태를 깨뜨리려는 주인장은 일찌감치 한 점 티끌이 되어 즐거운 봄빛 속을 떠다니고 있다. 모순이란, 힘에서든, 양에서든, 또는 정신이나 육체에서든, 서로 상반되어 어울릴 수 없으면서, 그럼에도 비슷한 위치에 있는 사물이나 사람들 사이에서 비로소 발견할 수 있는 현상이다. 둘 사이의 격차가 아주 클 때에는 이 모순은 점점 닳고 닳아, 오히려 세력이 큰 쪽의 일부가 되어 활동하게 되는지도 모른다. 덕이 높은 사람의 손발이 되어 재주 있는 자가 활동하고, 재주 있는 자의 부하가 되어 어리석은 자가 활동하고, 어리석은 자의 심복이 되어 소나 말이 활동할 수 있는 것은 바로 그 때문이다. 지금 이 주인장은 한없는 봄의 풍경을 배경으로, 일종의 익살을 연기하고 있다. 한가로운 봄의 느낌을 깨뜨릴 것만 같은 그가 오히려 한가로운 봄의 느낌을 열심히 더해주고 있다. 나는 뜻밖에도 음력 3월 중순에, 태평한 야지로베*와 친해진 것 같은 기분이 들었다. 이 싸구려 떠버리는 태평한 모습을 갖춘 봄날에 가장 잘 어울리는 채색의 하나다.

그렇게 생각하니, 이 주인장 또한 꽤나 멋진 그림도 되고 시도 되는 사람이기에, 나는 진작에 돌아갈 것을 굳이 눌러앉아 온갖

* 에도 시대의 통속 소설에 나오는 주인공으로, 여행 중에 익살스러운 실수를 저지르는 인물이다.

이야기를 하고 있었다. 그때 조그만 까까머리가 포렴을 젖히며 들어온다.

"실례합니다, 머리 좀 깎으려고요."

흰 무명 기모노에 같은 무명 천의 도톰한 오비를 매고, 그 위에 모기장처럼 성기게 짠 법의를 걸친, 참으로 태평해 보이는 동자승이었다.

"료넨. 어떻게 됐어? 얼마 전에 농땡이 부리다가 주지 스님한테 야단맞았지?"

"아뇨, 칭찬받았는데요."

"심부름 가는 길에 물고기를 잡았는데도 참 기특하구나 하고 칭찬받았어?"

"어린 나이답지 않게 잘 놀다 오니 기특하구나, 하고 노스님께서 칭찬해주셨어요."

"어쩐지 머리에 혹이 튀어나왔다 했지. 요런 버르장머리 없는 머리는 깎기가 힘들어서 안 돼. 오늘은 해주지만 다음부터는 다시 잘 반죽해서 와."

"다시 반죽할 정도면 더 좋은 이발소에 가죠."

"하하하하. 머리통은 울퉁불퉁한데 입만 살았다니까."

"실력도 별론데 술만 센 게 아저씨잖아요."

"못된 녀석. 실력이 별로라니……"

"내가 한 말이 아니에요. 노스님이 그러셨어요. 그렇게 화내지

마세요, 나잇값도 못 하고."

"흥, 재미없어. 안 그래요, 손님?"

"예?"

"도대체가 중이란 것들은 돌계단 위 높은 데서 살면서 걱정이 없으니까 저절로 입만 살게 되는 걸까요? 이런 꼬마 중까지 시건방진 소리를 하고. 어이쿠, 좀 더 머리를 눕혀봐. 눕히라니까, 말 안 들으면 벤다, 괜찮아? 피 난다니까."

"아프잖아요. 그렇게 마구 깎으면."

"이 정도도 못 참아서 중이 되겠어?"

"중은 벌써 됐는데요."

"아직 어엿한 중은 아니지. 근데 그 다이안 씨는 왜 죽었다고 했지, 꼬마 스님?"

"다이안 씨는 안 죽었는데요."

"안 죽었어? 응? 죽었을 텐데?"

"다이안 씨는 그 후로 마음을 잡고 리쿠젠의 다이바이지 절에 가서 열심히 수행 중이에요. 머지않아 지혜로운 스님이 될 거예요. 훌륭한 거죠."

"뭐가 훌륭해? 아무리 중이라도 야반도주해서 훌륭한 법은 없어. 너도 조심해야 해. 아무튼 실수하지 마, 여자니까. 근데 그 여자 말이야, 그 미치광이 여자는 아직도 스님을 찾아와?"

"미치광이라는 여자는 들은 적이 없는데요."

"말 안 통하는 중놈이네. 오는 거야, 안 오는 거야?"

"미치광이는 안 오는데, 시호다 댁 아가씨라면 와요."

"아무리 주지 스님이 기도해도 그걸로는 안 고쳐져. 전 남편 때문에 벌받은 거야."

"그 아가씨는 대단한 여자라고 노스님이 자주 칭찬하세요."

"돌계단을 오르면 모든 게 거꾸로 돼버리니 당할 수가 없군. 스님이 뭐라 했든 미치광이는 미치광이야. 자, 다 깎았다. 어서 가서 스님한테 야단이나 맞고 와."

"싫어요. 좀 더 놀다 가서 칭찬받을 거예요."

"맘대로 해. 입만 살아서, 꼬마 녀석이."

"흥! 이 똥 막대기*야!"

"뭐라고?"

파르스름한 머리는 이미 포렴을 빠져나가 봄바람을 맞고 있다.

* 간시궐(乾屎橛). 똥을 닦을 때 쓰는 마른 막대기로 가장 더러운 것을 뜻하는 말로 선종에서 쓰는 용어다.

6

해 질 무렵 책상 앞에 앉는다. 장지문도 미닫이문도 활짝 연다. 여관은 사람이 많지 않은 것치고는 건물이 크다. 내가 묵고 있는 방은, 많지도 않은 사람이 다정하게 행동하는 장소와 구불구불한 복도를 사이에 두고 떨어져 있어, 물건 소리조차 사색에 방해되지 않는다. 오늘은 더한층 고요하다. 주인도, 아가씨도, 하녀도, 하인도, 모르는 사이에 나를 남겨두고 떠나버린 것만 같다. 떠났다면 평범한 곳으로 떠나지는 않았을 것이다. 안개의 나라거나 구름의 나라일 테다. 어쩌면 구름과 물이 자연스럽게 가까워져, 노를 잡는 것조차 귀찮은 바다 위를 언제 흘러왔는지도 모르는 사이에, 하얀 돛이 구름인지 물인지 분간하기도 어려운 경계에서 떠돌다가, 끝내는 그 돛이 어디서 자신을 구름이나 물과 구별해야 할지 스스로 고민하는 곳, ── 그런 아득한 곳으로 떠났을 것이다. 그게 아니라면, 홀연히 봄 속으로 사라져, 지금까지의 땅과 물과 불과 바람이 이제는 눈에 보이지 않는 영기(靈氣)가 되어, 드넓은 천지 사이에, 현미경의 힘을 빌려도 미미한 흔적조차 보이지 않게 되었을 것이다. 어쩌면 종달새로 변해 유채꽃의 노랑을 즐거워하며 내내 울다가, 황혼의 깊은 보랏빛이 가로로 길게 뻗은 곳으로 가버렸는지도 모른다. 또는 기나긴 날을 더더욱 길게 만드는 등에의 역할을 끝내고는, 꽃술에 맺힌 달콤한 이슬을 빨지도 못하고, 떨어진 동백꽃 아래에 깔린 채 향기로운 세상에 잠들어 있는지도 모른다. 아무튼 고요하다.

공허한 집을 공허하게 빠져나가는 봄바람은, 바람을 맞이하는 사람에 대한 의리 때문에 빠져나가는 것이 아니다. 바람을 거부하는 사람에 대한 앙갚음으로 빠져나가는 것도 아니다. 스스로 왔다가, 스스로 떠나는, 공평한 우주의 마음이다. 손바닥에 턱을 괴고 있는 나의 마음도, 내가 묵고 있는 방처럼 공허하다면, 봄바람은 부르지 않아도 거리낌 없이 빠져나갈 것이다.

발로 밟고 있는 것이 땅이라고 생각하기에, 갈라지지는 않을까 걱정도 된다. 머리에 이고 있는 것이 하늘임을 알기에, 번개가 관자놀이에 떨어질까 두려움도 생긴다. 남과 싸우지 않으면 체면이 서지 않는다고 세상이 다그치니, 번뇌의 고통에서 벗어날 수 없다. 좌우가 있는 세상에 살면서 이해(利害)의 밧줄 위를 건너야만 하는 처지에는, 현실의 사랑은 원수(怨讎)다. 눈에 보이는 부(富)는 흙이다. 움켜쥔 명성과 빼앗은 명예란, 교활한 벌이 달콤하게 만드는 척하면서 그 안에 벌침을 남겨두고 가버린 꿀과 같은 것이리라. 흔히 말하는 즐거움은 사물에 대한 집착에서 생기기 때문에 온갖 괴로움을 품고 있다. 오로지 시인과 화가라는 사람만이, 이런 이원적 대립의 세계의 본질을 이해하고, 골수에 스미는 맑음을 아는 것이다. 안개를 먹고, 이슬을 마시며, 보랏빛을 비평하고, 다홍색을 평가하며 죽음에 이르러도 후회하지 않는다. 그들의 즐거움은 사물에 집착하는 것이 아니다. 동화하여 그 사물이 되는 것이다. 그 사물에 완전히 동화되었을 때, 나를 세울 만한 땅은 망망 대지 끝까지 간다 해도 찾을 수가 없다. 쓸모없는 것을 마음껏 내던지고, 찢어진 삿갓 안에 한없이 상쾌한 바람을 담는다. 쓸데없이 이런 처지를 생각해내는 것은, 돈밖에 모르는 시정의 속물이 위협을 한다고 해서 기꺼이 우월감을 내보이려는 것이 결코 아니다. 그저 얼마 전의 기쁜 일을 들려주며 인연이 있는 사람들을 부르려는 것뿐이다. 사실을 말하면, 시의 경지라는 것도, 그림의 세계라는 것도 누구나 저마다 가지고 있는 길이다. 손가락을 꼽으며 헛되이 세월을 보내고 백발을 탄식하는 사람이라 할지라도, 일생을 뒤돌아보며 지나간 시절의 파동을 차례차례 더듬어본다면, 악취 나는 사체에서도 희미한 빛이 새어 나오듯, 한때는 푹 빠져 몰입했던 일, 손뼉을 치며 즐거워했던 일을 떠올릴 수 있을 것이다. 그럴 수 없다면 삶의 보람이 없는 사람이다.

하지만 어느 하나의 일에 딱 들어맞고, 어느 하나의 사물로 변하는 것만이 시인의 감흥이라고는 할 수 없다. 어떤 때는 한 장의 꽃잎으로 변하고, 어떤 때는 한 쌍의 나비로 변하고, 또 어떤 때는 워즈워스처럼 한 무리의 수선화로 변하여 비바람 속에서 마음을 흐트러뜨릴 때도 있겠지만, 뭔지 알 수 없는 사방의 풍광에 내 마음을 빼앗기고, 내 마음을 빼앗는 그것이 무엇인지도 분명히 의식할 수 없을 때가 있다. 어떤 사람은 천지의 빛나는 기운에 닿는다고 할 것이다. 어떤 사람은 현이 없는 거문고 소리를 마음으로 듣는다고 할 것이다. 또 어떤 사람은 알기 어렵고 이해하기 어렵기 때문에 무한의 영역을 배회하며 아득히 먼 거리를 방황한다고 형용할지도 모른다. 어떻게 말하든 그 사람의 자유다. 내가 자단나무 책상에 기대어 멍하니 있을 때의 심리 상태가 바로 그것이다.

나는 확실히 아무것도 생각하고 있지 않다. 또한 분명히 아무것도 보고 있지 않다. 내 의식의 무대에 또렷한 색채를 띠고 움직이는 것이 없기 때문에, 나는 어떠한 것에도 동화되었다고 말할 수 없다. 하지만 나는 움직이고 있다. 세상 안에서 움직이는 것도 아니고, 세상 밖에서 움직이는 것도 아니다. 그저 아무 생각 없이 움직이고 있다. 꽃에 움직이는 것도 아니고, 새에 움직이는 것도 아니고, 인간에 대해 움직이는 것도 아니고, 그저 황홀하게 움직이고 있다.

굳이 설명하자면, 내 마음은 그저 봄과 함께 움직이고 있다고 말하고 싶다. 온갖 봄의 색, 봄의 바람, 봄의 사물, 봄의 소리를 치대고 뭉쳐서 신선의 영약으로 반죽하고, 그것을 봉래산(蓬萊山)*의 영묘한 액체에 녹여, 무릉도원의 햇볕에 증발시킨 정기가 나도 모르는 사이에 모공에 스며들어, 마음이 알아차리기도 전에 가득 차올랐다고 말하고 싶다. 평범한 동화(同化)에는 자극이 있다. 자극이 있기에 유쾌할 것이다. 하지만 나의 동화는, 무엇과 동화했는지 불분명하기 때문에, 털끝만큼의 자극도 없다. 자극이 없기 때문에 아득하고 어렴풋한, 말로 표현할 수 없는 즐거움이 있다. 바람에 떠밀려 들뜬 파도를 일으키는, 경박하고 소란스러운 정취와는 다르다. 눈에 보이지 않는 깊은 밑바닥을, 대륙에서 대륙으로 움직이고 있는 넓고 푸른 바다의 모습이라고 형용할 수 있다. 다만 그만큼의 활력이 없을 뿐이다. 그러나 오히려 거기에 행복이 있다. 위대한 활력의 발현에는 그 활력이 언젠가는 다하여 없어지리라는 걱정이 담겨 있다. 평소의 모습에는 그런 걱정이 따르지 않는다. 평상시보다는 담담한 지금 내 마음의 상태는, 내 격렬한 힘이 마모되지는 않을까 하는 근심

* 고대 중국에서 신선이 살았다고 전해지는 상상의 섬.

과 떨어져 있을 뿐만 아니라, 좋음도 나쁨도 없는 평상시 마음의 경지에서도 벗어나 있다. 담담함이란 그저 붙잡기 어렵다는 뜻으로, 지나치게 약하다는 염려는 품고 있지 않다. 충융(冲融)* 이니 담탕(澹蕩)**이니 하는 시인의 언어는 이러한 경지를 가장 절실히 표현한 것이리라.

이런 경지를 그림으로 그려보면 어떨까 생각했다. 하지만 평범한 그림은 되지 않을 것이 분명하다. 우리가 흔히 그림이라고 부르는 것은 그저 눈앞에 있는 사람이나 풍경을 있는 그대로의 모습으로, 또는 그것을 자신의 심미안으로 여과하여 화폭 위에 옮겨놓은 것일 뿐이다. 꽃이 꽃으로 보이고, 물이 물로 비치고, 사람이 사람으로 활동하면, 그림이 해야 할 일은 끝났다고 여긴다. 하지만 좀 더 뛰어난 예술가라면, 자신이 느낀 물상을, 자신이 느낀 그대로의 정취를 더해 화폭 위에 힘차게 생동하게 한다. 어떤 특별한 감흥을, 자신이 붙잡은 삼라만상 속에 맡기는 것이 이런 유의 예술가의 주의(主意)이기 때문에, 그들이 본 물상이 붓끝에서 명료하게 솟구치지 않으면, 그림을 그렸다고 말하지 않는다. 자신이 이러이러한 것을, 이러이러하게 보고, 이러이러하게 느끼고, 또한 그렇게 보는 방법도, 느끼는 방법도 앞선 이

* 온화한 기분이 마음 가득 넘치는 모습. 두보의 시 구절에 나오는 말이다.
** 느긋하고 한가로운 모습. 이백의 시 구절에 나오는 말이다.

의 영향을 받거나 옛날의 전설에 지배된 것이 아니며, 게다가 가장 올바르고, 가장 아름다운 것이라고 주장할 수 있는 작품이 아니라면, 결코 자기 작품이라고 말하지 않는다.

이 두 종류의 제작자는, 주관적이냐 객관적이냐, 깊으냐 얕으냐의 구별이 있을지는 모르지만, 외계의 명료한 자극을 기다린 다음에야 비로소 시작한다는 것은 양쪽 다 동일하다. 하지만 지금, 내가 그리려고 하는 주제는 그 정도로 분명한 것이 아니다. 내 모든 감각을 다 북돋아, 그것을 마음의 바깥에서 찾는다 한들, 사각과 원의 모양, 다홍과 초록의 색은 물론, 짙고 옅은 음영, 굵고 가는 선을 거기서 발견하기는 어렵다. 나의 느낌은 밖에서 온 것이 아니다. 설령 밖에서 왔다 해도, 내 시야에 가로놓인 일정한 풍물이 아니기 때문에, 이것이 원인이라고 남에게 확실히 손가락으로 가리킬 수는 없다. 있다면 오로지 마음뿐이다. 이 마음을 어떻게 나타내야지 그림이 될까. 아니, 어떤 구체화를 빌려 이 마음을, 남이 받아들일 수 있을 만큼 생생히 떠올리게 할 수 있을까가 문제다.

보통의 그림은 느낌은 없어도 물체만 있으면 그릴 수 있다. 두 번째 유형의 그림은 물체와 느낌이 양립하면 그릴 수 있다. 세 번째 유형의 그림에 이르면, 존재하는 것은 오로지 마음뿐이기에, 그림으로 그리려면 반드시 그 마음에 맞는 대상을 선택해야 한다. 하지만 그 대상은 쉽게 나오지 않는다. 나온다 해도 쉽게 완성되지 않는다. 완성했다 해도 자연계에 존재하는 것과는 정취가 완전히 다른 경우가 있다. 그래서 보통 사람이 보면 그림으로 받아들일 수가 없다. 그림을 그린 본인도 자연계의 일부가 재현된 것이라고는 인정하지 않고, 그저 감흥을 받은 그 순간의 마음을 얼마간이라도 전하여, 약간의 생명을 어렴풋한 분위기로 보여준다면 대성공이라고 생각한다. 예로부터 이 힘든 작업에서 완전한 업적을 이룬 화가가 있는지 없는지는 모르겠다. 어느 정도까지는 이 유파에 속했던 것을 예로 들면, 문여가(文与可)* 의 대나무 그림이다. 운코쿠(雲谷)** 문하의 산수화다. 그 후에는 다이가(大雅)***의 풍경화다. 또 부손(蕪村)****의 인물화도 있다. 서양의 화가는 주로 구상(具象)의 세계로 눈을 돌려, 기품 있는 운치에는 힘을 쏟지 않은 사람이 대부분이기에, 이런 유의 필묵으로 속세 밖의 신비로운 운치를 전할 수 있는 사람이 과연 몇이나 있을지 모르겠다.

안타깝게도 셋슈(雪舟)*****나 부손 등이 힘들여 그려낸 일종의 운치는 너무나 단순하고 또한 너무나 변화가 부족하다. 필력

---

* 중국 북송의 화가.
** 운코쿠 도간. 에도 시대 초기의 화가로 운코쿠파의 시조.
*** 이케노 다이가. 에도 시대 남화가.
**** 요사 부손. 에도 시대 하이쿠 시인이자 화가.
***** 15세기의 선승이자 화가.

으로 보면 나는 도저히 이 대가들에게 미칠 수는 없지만, 지금 내가 그림으로 그려보려는 마음은 조금 복잡하다. 복잡한 만큼 아무래도 한 장 안에 그 느낌을 다 담기는 어렵다. 턱을 괸 손을 내리고 책상 위에 팔짱을 낀 채 생각했지만, 역시 떠오르지 않는다. 색깔, 형태, 명암이 이루어져, 나 자신의 마음이, 아아 여기에 있었구나, 하고 불현듯 자기를 인식하도록 그려야 한다. 생이별한 자식을 찾기 위해 방방곡곡을 돌아다니며 자나 깨나 잊지 못하다가, 어느 날 네거리에서 우연히 해후하여, 번개가 번쩍일 틈도 없이, 아, 여기 있었구나, 하는 생각이 들도록 그려야 한다. 그것이 어렵다. 그것만 나올 수 있다면, 남들이 보고 뭐라 하든 상관없다. 그림이 아니라고 욕을 해도 원망은 없다. 적어도 색의 배합이 그 마음의 일부를 대표하고, 선의 휨과 곧음이 그 마음을 어느 정도 표현하고, 전체의 배치가 그 운치를 얼마쯤 전할 수만 있다면, 형태로 나타난 것이 소가 됐든 말이 됐든, 혹은 소도 말도 아닌 것이 됐든 상관없다. 상관없는데도 도저히 나오지 않는다. 사생첩을 책상 위에 놓고, 두 눈이 그 속에 빠져들어갈 듯이 머리를 굴리는데도 도저히 안 된다.

연필을 내려놓고 생각했다. 이런 추상적인 흥취를 그림으로 그리려는 것부터가 잘못이다. 인간은 그렇게 다르지 않기 때문에, 많은 사람 중에는 분명 나와 같은 감흥을 얻은 사람이 있어, 그 감흥을 뭔가의 수단으로 영구화하려고 시도했을 것이 분명하다. 시도했다면 그 수단은 무엇일까.

불현듯 음악이라는 두 글자가 눈에 비쳤다. 정말이지 음악은 그럴 때, 그럴 필요가 절실해져서 태어난 자연의 소리일 것이다. 음악은 들어야 하는 것, 익혀야 하는 것이라고 그제야 깨달았지만, 불행히도 그쪽에 대해서는 전혀 알지 못한다.

그렇다면 시는 어떨까 하고 세 번째의 영역에 발을 디뎌본다. 레싱*이라는 사람은 시간의 경과를 조건으로 하여 일어나는 사건을 시의 본질인 것처럼 논하면서, 시와 그림은 두 개의 전혀 다른 양식이라는 주장을 내세운 것**으로 기억하는데, 그런 식으로 시를 생각한다면, 지금 내가 애타게 표현하려고 하는 심경은 도저히 시가 될 것 같지 않다. 내가 즐겁다고 느끼는 마음속의 상황에는 시간은 있을지 몰라도, 시간의 흐름에 따라 순차적으로 전개해야 할 사건의 내용이 없다. 하나가 떠나고, 둘이 찾아오고, 둘이 사라져 셋이 생겨나기 때문에 즐거운 것이 아니다. 처음부터 깊고 아득히, 한곳에 머무르는 정취 때문에 즐거운 것이다. 이미 한곳에 머무르는 이상, 이것을 평범한 말로 번역한

* 고트홀트 에프라임 레싱. 독일의 극작가, 비평가.
** 1766년에 발표된 레싱의 미학론 《라오콘》을 가리킨다. 그리스 조각상 〈라오콘 군상〉을 미학적으로 논한 저작이다. 공간적, 병렬적 예술인 회화와 시간적, 계기적 예술인 시 문학의 각각의 한계를 명확히 밝히며 그에 따른 문제를 해결하려고 했다. '회화와 시의 경계에 대하여'라는 부제가 붙어 있다.

다 해도, 꼭 시간적으로 재료를 배치할 필요는 없을 것이다. 역시 그림과 마찬가지로 공간적으로 풍물을 배치하기만 해도 될 것이다. 다만 어떤 풍물을 시 속으로 가져와, 이 공허하고 의지할 데 없는 상태를 그려낼지가 문제인데, 이미 그것을 붙잡았다면 레싱의 주장에 따르지 않더라도 시로서 성공하는 것이다. 호메로스가 뭐라 하든, 베르길리우스가 뭐라 하든 상관없다. 만약 시가 일종의 분위기를 나타내는 데 적합한 것이라면, 그 분위기는 시간의 제한을 받아 순차적으로 진척되는 사건의 도움을 받지 않더라도, 단순히 공간적인 회화 상의 요건만 충족된다면, 언어로써 그려낼 수 있다고 생각한다.

이론은 아무래도 상관없다. 라오콘(Laokoon) 같은 것은 거의 잊어버렸으니, 잘 조사하면 내 말이 의심스러워질지도 모른다. 아무튼 그림으로는 실패했으니, 그럼 시로 한번 지어보자, 하며 사생첩 위에 연필을 꾹 누르고는 몸을 앞뒤로 흔들흔들 움직여 보았다. 잠시 동안 뾰족한 연필 끝을 어떻게든 움직이고 싶었지만, 조금도 움직일 수 없었다. 갑자기 친구 이름을 깜빡했는데, 목구멍에 걸려 튀어나오지 않는 그런 기분이다. 그래서 단념해 버리면, 나오지 못한 이름은 끝내 배 속에 가라앉아버린다.

갈탕(葛湯)을 끓일 때, 처음에는 사락사락 젓가락에 걸리는 느낌이 없다. 그렇게 참고 젓다 보면 이윽고 점성이 생겨, 휘젓는 손이 조금 무거워진다. 그래도 상관없이 계속 젓가락을 쉬지 않고 저으면, 이제는 저을 수가 없게 된다. 끝내는 냄비 안의 칡가루가, 원하지 않아도, 제 쪽에서 앞다투어 젓가락에 달라붙는다. 시를 짓는다는 것은 바로 그런 것이다.

실마리를 못 찾은 연필이 조금씩 움직이게 된 것에 힘을 얻어, 그럭저럭 2, 30분쯤 지나니 이렇게 여섯 구가 지어졌다.

푸른 봄 이삼월
근심은 향기로운 풀을 따라 자라고
한가로운 꽃은 텅 빈 뜰에 떨어지네
수수한 거문고는 빈방에 놓여 있고
갈거미는 줄을 친 채 꼼짝도 하지 않는데
구불구불 연기는 대나무 들보를 휘감네

青春二三月（청춘이삼월）
愁随芳草長（수수방초장）
閑花落空庭（한화락공정）
素琴横虚堂（소금횡허당）
蠨蛸掛不動（소소괘부동）
篆煙繞竹梁（전연요죽량）

다시 읽어보니, 전부 다 그림이 될 것 같은 구절뿐이다. 그러면 처음부터 그림으로 그리면 좋았을걸, 하고 생각한다. 왜 그림보다 시 쪽이 짓기 쉬웠을까 생각한다. 여기까지 지어졌으니, 이 다음은 큰 어려움 없이 지을 것 같다. 하지만 이번에는 그림이 되지 못하는 감정을 읊어보고 싶다. 이건가, 저건가, 하고 고민한 끝에 드디어 나왔다.

한마디 말없이 홀로 앉아 있으니
마음속에 희미한 빛이 느껴지네
인간 세상에 많은 일이 있겠지만
이런 경지를 누가 잊을 수 있으랴
때마침 하루의 고요함을 얻고 나니
곧바로 백년의 다망함을 알겠구나
아득한 마음을 어디에 두어야 할까
신선이 살고 있는 머나먼 마을일까

独坐無隻語（독좌무척어）
方寸認微光（방촌인미광）
人間徒多事（인간도다사）
此境孰可忘（차경숙가망）
会得一日静（회득일일정）
正知百年忙（정지백년망）

遐懐寄何処（하회기하처）
緬邈白雲郷（면막백운향）

다시 처음부터 읽어보니, 조금 재미있기는 해도, 자신이 이제 막 들어선 신선의 경지를 그린 것치고는 아무래도 운치가 부족하다. 하는 김에 한 수 더 지어봐야지, 하고 연필을 쥔 채 무심코 입구 쪽을 보는데, 열린 미닫이문의 석 자 폭 공간을 스르르 아름다운 그림자가 지나갔다. 뭐지?

내가 눈을 돌려 입구를 보았을 때, 그 아름다운 것은 이미 열린 미닫이의 그림자에 반쯤 가려지고 있었다. 게다가 그 모습은 내가 보기 전부터 움직이고 있었던 듯, 엇 하는 사이에 지나가버렸다. 나는 시를 버리고 입구를 지켜본다.

1분도 지나기 전에, 그림자는 반대편에서 또 나타났다. 후리소데 차림의 날씬한 여자가 소리도 없이, 건너편 이층 툇마루를 쓸쓸히 걸어간다. 나는 나도 모르게 연필을 떨어뜨리고, 코로 들이쉬던 숨을 뚝 멈췄다.

봄날의 흐린 하늘이 시시각각 흘러내려 금방이라도 비가 쏟아질 듯한 해 질 녘 난간에서, 다소곳이 왔다가 다소곳이 돌아가는 후리소데의 그림자는, 내 방에서 여섯 간 넓이의 중정을 사이에 두고, 무거운 공기 속에서, 고요하고 쓸쓸하게 보였다 사라졌다 한다.

여자는 처음부터 말이 없다. 한눈도 팔지 않는다. 툇마루에 끌리는 옷자락 소리조차 내 귀에 들어오지 않을 만큼 조용히 걷고 있다. 허리 밑으로 눈에 띄는 색의 치맛자락 무늬는 무엇을 물들인 것인지 멀어서 알 수가 없다. 그저 무늬가 없는 부분이 무늬와 자연스레 어우러져, 마치 밤과 낮의 경계 같은 느낌이다. 여자는 처음부터 밤과 낮의 경계를 걷고 있다.

그 긴 후리소데를 입고, 긴 복도를 몇 번이나 왔다 갔다 할 생각인지, 나는 알 수 없다. 언제부터 그 묘한 옷차림으로, 그 묘한 발걸음을 계속하고 있는지도, 나는 알 수 없다. 그 의미까지는 물론 알 수 없다. 처음부터 알 수가 없는 것을, 이렇게까지 단정하게, 이렇게까지 정숙하게, 이렇게까지 몇 번이고 거듭하는 사람의 모습이 입구에 나타났다가는 사라지고, 사라졌다가는 나타날 때, 나는 어떤 이상한 기분이 든다. 떠나가는 봄에 대한 미련을 호소하는 몸짓이라면 어찌하여 저리도 무심한 것일까. 무심한 몸짓이라면 어찌하여 저리도 아름답게 꾸민 것일까.

저물어가는 봄빛이, 한동안 아슴푸레한 입구를 환영으로 채색하는 속에, 눈이 번쩍 뜨일 것 같은 오비는 금색 수를 놓은 천일까. 선명한 직물은 왔다가 갔다가 어스름한 저녁에 감싸인 채, 쓸쓸하고 고요한 저편, 아득히 먼 저편으로 조금씩 사라진다. 반짝이며 지나가는 봄의 별이 동틀 무렵 짙은 보랏빛 하늘 속으로 떨어지는 정취다.

하늘의 문이 저절로 열려 이 화려한 모습을 저승의 세계로 빨아들이려 할 때, 나는 이렇게 느꼈다. 금 병풍을 뒤에 두고, 은 촛대를 앞에 두고, 봄날 저녁의 한때를 천금으로 여기며 떠들썩하게 보내야 마땅한 이 옷차림이, 꺼리는 기색도 없이, 다투는 모습도 보이지 않고, 현실 세계로부터 희미해져 가는 것은, 어떤 점에서 보면 초자연의 정경이다. 시시각각 다가오는 검은 그림자를 문틈으로 바라보니, 여자는 숙연하게, 초조함도 없이, 당황함도 없이, 같은 보폭으로 같은 곳을 배회하고 있는 듯하다. 자신의 몸에 떨어질 재앙을 알지 못한다면 순진함의 극치다. 알면서도 재앙이라고 생각하지 않는다면 대단하다. 검은 곳이 본래의 거처이기에, 잠깐 동안의 환영을 원래의 어둠 속으로 되돌려 보내느라고 이토록 단아한 태도로 유와 무 사이를 돌아다니고 있는 것이리라. 여자가 입은 후리소데에 어지러운 무늬가 사라지면서, 어찌할 수 없는 칠흑 속으로 흘러 들어가는 데서 자신의 본성이 내비치고 있다.

또 이렇게도 느꼈다. 아름다운 사람이 아름다운 잠에 빠져, 그 잠에서 깨어날 틈도 없이, 환각의 상태로 이 세상의 숨을 거둘 때, 머리맡에서 병상을 지키는 우리의 마음은 무척 괴로울 것이다. 온갖 고통을 겪으며 죽는 것이라면, 삶의 의미가 없는 본인은 물론이고, 곁에서 보고 있는 친지들도, 차라리 목숨을 끊는 것이 자비라며 단념할지도 모른다. 하지만 새근새근 잠이 든 아이에게 무슨 죽어 마땅한 잘못이 있을까. 잠든 채 저승으로 끌려간다는 것은 죽음을 각오하기도 전에 불의의 공격으로 아까운 목숨을 다하는 것과 같은 것이다. 어차피 끊어질 목숨이라면, 결코 피할 수 없는 운명이라고 이해시키고, 단념하며 염불을 외고 싶다. 하지만 죽어야 할 조건이 갖추어지기도 전에, 죽는다는 사실만이 확실해질 때, 나무아미타불 하며 명복을 빌어줄 목소리가 나올 정도라면, 차라리 그 목소리로, 이보시오, 이보시오, 하고 반쯤 저세상에 발을 디딘 사람을 억지로라도 불러서 데려오고 싶어진다. 선잠을 자다가 언제인지도 모르는 사이에 기나긴 잠으로 옮겨가는 본인은, 그렇게 불리는 것이 끊어지려는 번뇌의 그물에 마구 휘감기는 것만 같아, 오히려 괴로울지도 모른다. 부디 자비를 베풀어, 부르지 말아주세요, 편히 잠들게 해주세요, 라고 생각할지도 모른다. 그럼에도, 우리는 불러서 데려오고 싶어진다. 나는 이번에 여자의 모습이 입구에 나타나면, 불러서 비몽사몽에서 구해줘야겠다고 생각했다. 하지만 석 자 폭의 문틈을 꿈처럼 스르르 지나가는 그림자를 보니, 왠지 말을 걸 수가 없다. 이번에는 꼭, 하고 다짐하는 사이에, 스르르 아무렇지 않게 지나가버린다. 어째서 아무 말도 할 수가 없는 걸까 하고 생각하는 순간, 여자는 또 지나간다. 여기에 엿보는 사람이 있고, 그 사람이 자기 때문에 얼마나 애를 태우고 있는지, 조금도 마음을 쓰지 않는다는 모습으로 지나간다. 귀찮아하지도 딱해하지도 않고, 처음부터 나 같은 사람에는 개의치 않는다는 모습으로 지나간다. 이번에는, 이번에는, 하고 생각하는 사이에, 견디다 못한 구름층이 더는 품을 수가 없게 된 빗줄기를 고요히 떨어뜨리며, 여자의 그림자를 쓸쓸히 가두어버린다.

7

춥다. 수건을 허리에 매달고 욕탕으로 내려간다.

석 장짜리 다다미 위에서 옷을 벗고 계단 네 개를 내려가니, 다다미 여덟 장쯤 되는 욕탕이 나온다. 돌이 풍부한 지방인지, 바닥은 화강암으로 깔고 한복판을 넉 자쯤 깊이로 파서, 두부가게의 두부 틀만 한 크기의 욕조를 마련해놓았다. 욕조라고는 했지만 이것도 돌을 깔아놓은 것이다. 광천이라는 이름이 붙었으니 이런저런 성분이 담겨 있겠지만, 색이 너무나 투명해 물에 잠기는 기분이 좋다. 가끔 입안에 머금어 보지만 딱히 맛도 냄새도 없다. 병에도 잘 듣는다는데 물어보지 않아서 어떤 병에 좋은지는 모르겠다. 원래 별다른 지병도 없어, 실용적인 가치는 전혀 생각한 적이 없다. 탕에 들어갈 때마다 생각나는 것은 그저 백거이의 "온천수 매끄러워 희고 고운 살결을 씻네"*라는 구절뿐이다. 온천이라는 말을 들으면 꼭, 이 시구에 그려진 그런 유쾌한 기분이 든다. 또 이런 기분을 자아낼 수 없는 온천은 온천으로서 아무런 가치가 없다고 생각한다. 이런 이상(理想) 외에 온천에 주문할 것은 아무것도 없다.

몸을 쏙 담그면 가슴께까지 들어간다. 온천물이 어디서 솟는지는 모르겠지만, 늘 욕조 가장자리를 아름답게 넘실거리고 있다. 봄의 돌은 마를 틈도 없이 젖어, 따스하니, 돌을 밟는 발의 기분은 온화하게 즐겁다. 내리는 비는 밤의 눈을 틈타 몰래 봄을 적실 만큼 고요하지만, 처마의 빗방울은 점점 잦아지며 똑, 똑, 귀에 들려온다. 자욱한 김은 바닥부터 천장까지 구석구석 메우며, 빈틈만 있으면 작은 옹이구멍도 마다않고 새어나갈 기색이다.

가을의 안개는 싸늘하게, 길게 뻗은 아지랑이는 한가롭게, 저녁밥 짓는 이의 연기는 파랗게 피어오르며, 드넓은 하늘에 자신의 덧없는 모습을 맡긴다. 여러 정취와 비애가 있겠지만, 봄날 밤 온천의 어렴풋함만큼은 목욕하는 이의 살갗을 부드럽게 감싸며, 내가 옛날 사람이 아닐까 하고 나 자신을 의심하게 한다.

---

* 온천수활세응지(温泉水滑洗凝脂). 백거이의 시 〈장한가(長恨歌)〉에 나오는 구절로, 양귀비가 목욕하는 장면을 그린 것이다.

눈에 비치는 것이 보이지 않을 만큼 짙게 휘감는 것은 아니지만, 얇은 비단을 한 겹 찢으면 하계의 인간과 나 자신을 쉽게 찾아낼 만큼 옅은 것도 아니다. 마치 한 겹을 찢고, 두 겹을 찢고, 몇 겹을 찢는다 해도 이 연기 밖으로 내보내서는 안 된다는 듯, 사방에서 나 한 사람을 따뜻한 무지개 속에 파묻어버린다. 술에 취한다는 말은 있지만, 연기에 취한다는 말은 들어본 적이 없다. 있다면, 안개에는 물론 쓸 수 없고, 봄안개에는 너무 강하다. 오로지 이 연무에 봄밤이라는 두 글자를 붙였을 때 비로소 어울리는 것 같다.

나는 욕조 가장자리에 머리를 얹고 위를 쳐다보며, 투명한 탕 속의 가벼운 몸을 되도록이면 저항력이 없는 곳으로 떠다니게 해보았다. 둥실, 둥실, 영혼이 해파리처럼 떠 있다. 이런 기분이 된다면 세상도 편할 것이다. 분별의 자물쇠를 열고, 집착의 빗장을 벗긴다. 될 대로 되라며, 온천물 속에서 온천물과 동화해버린다. 흐르는 것일수록 살아가는 데에 괴로움이 없다. 흐르는 것 속에 영혼까지 흘려보낸다면 그리스도의 제자가 된 것보다 고맙다. 과연 이런 식으로 생각하니, 익사자는 운치가 있다. 스윈번*이 쓴 어떤 시에, 여자가 물 밑에서 왕생(往生)**하여 기뻐하

* 앨저넌 찰스 스윈번. 영국의 시인, 비평가.
** 죽어서 극락정토에서 다시 태어난다 의미의 불교 용어.

고 있는 느낌이 쓰여 있었던 것 같다. 내가 늘 고민하던 밀레이의 오필리아도 이렇게 관찰하면 꽤 아름다워진다. 왜 그런 불쾌한 곳을 택했을까 하고 지금까지 이상하게 여겼는데, 역시 그것이 그림이 되는 것이다. 물 위에 떠 있는 채, 어쩌면 물속에 가라앉은 채, 어쩌면 가라앉았다 떠올랐다 하며, 그저 그 모습 그대로 고통 없이 흘러가는 모습은 미적임에 틀림없다. 그리고 양쪽 물가에 갖가지 풀꽃을 곁들이고, 물의 색과, 흘러가는 사람의 얼굴색과, 옷의 색에 차분한 조화가 이루어지면 분명 그림이 된다. 하지만 흘러가는 사람의 표정이 너무 평화롭다면, 거의 신화나 비유가 되어버린다. 물론 경련을 일으킬 듯한 고통은 그림 전체의 정신을 깨뜨리겠지만, 운치 하나 없는 태연한 얼굴로는 인정이 비치지 않는다. 어떤 얼굴을 그리면 성공할까. 밀레이가 그린 오필리아는 성공했는지 모르지만, 그의 정신이 나와 같은 곳에 있는지는 의심스럽다. 밀레이는 밀레이, 나는 나이기에, 나는 나의 흥미로 하나의 운치 있는 익사자를 그려보고 싶다. 하지만 내가 생각하는 얼굴이 그리 쉽게 마음속에 떠오를 것 같지는 않다.

탕 속에 떠 있는 채, 이번에는 익사자의 찬가를 지어본다.

비가 내리면 젖으리.
서리가 내리면 추우리.
땅속이라면 어두우리.

떠오르면 물결 위, 가라앉으면 물결 아래, 봄의 물이라면 괴로움은 없으리.

이렇게 입속에서 작은 소리로 읊으며 멍하니 떠 있는데, 어디선가 샤미센을 뜯는 소리가 들린다. 미술가라더니, 라고 한다면 죄송한데, 사실 이 악기에 대한 나의 지식은 대단히 의심스러운 것이라, 두 번째 줄을 위로 뜯든 세 번째 줄을 아래로 뜯든, 귀에는 그다지 달리 느껴진 적이 없다. 하지만 조용한 봄날 밤, 비조차 흥을 더하는 산골 마을의 탕 속에서, 영혼까지도 봄의 온천물에 떠다니게 하며, 먼 곳의 샤미센을 무책임하게 듣는 것은 너무나도 즐겁다. 무엇을 부르는지, 무엇을 연주하는지, 멀기에 물론 알 수 없다. 그렇기 때문에 왠지 정취가 있다. 음색이 차분한 데서 짐작해보면, 간사이 지방의 맹인 악사가 노래할 때 뜯는 현이 굵은 샤미센 같기도 하다.

어릴 때, 집 앞에 요로즈야라고 하는 술집이 있었는데, 그 집에 오쿠라라는 아가씨가 있었다. 오쿠라는 조용한 봄날 오후가 되면 꼭 나가우타*를 연습한다. 연습이 시작되면 나는 뜰로 나간다. 열 평 남짓한 차밭을 앞에 두고 소나무 세 그루가 사랑채 동쪽에 나란히 서 있다. 그 소나무는 둘레가 한 자나 되는 큰 나

* 에도 시대의 속요로 샤미센 반주로 노래한다.

무로, 재미있게도 세 그루가 모여 비로소 운치 있는 모습을 이루고 있었다. 어린 마음에 그 소나무를 보고 있으면 기분이 좋아졌다. 소나무 아래에는 검게 녹슨 철제 등롱이 이름 모를 붉은 돌 위에, 언제 봐도 고집불통 할아버지처럼 꼿꼿이 앉아 있다. 나는 그 등롱을 바라보는 것을 아주 좋아했다. 등롱 앞뒤로는, 짙은 이끼가 낀 땅을, 이름 모를 봄풀이 뚫고 나와, 속세의 바람은 모른다는 얼굴로, 혼자서 향기를 풍기며 혼자서 즐거워하고 있다. 그 풀 속에 살짝 몸을 들이밀 틈을 찾아내 가만히 웅크리고 있는 것이 그 무렵 나의 버릇이었다. 그 세 그루의 소나무 아래서, 그 등롱을 바라보며, 그 풀 향기를 맡으며, 오쿠라의 노래를 멀리서 듣는 것이 그때의 일과였다.

오쿠라는 이제 새색시 시절을 보내고 제법 살림꾼티가 나는 얼굴을 계산대 앞에 내놓고 있을 것이다. 남편과는 사이가 좋은지 모르겠다. 제비는 해마다 돌아와 진흙을 부리에 물고 분주하게 일하고 있는지 모르겠다. 제비와 술의 향은 아무리 해도 상상에서 떼어놓을 수가 없다.

세 그루의 소나무는 지금도 멋진 모습으로 남아 있을까. 철제 등롱은 벌써 망가졌을 게 틀림없다. 봄풀은 오래전에 웅크리고 있던 사람을 기억하고 있을까. 그때도 아무 말 없이 지나간 사람을, 지금까지 알고 있을 리가 없다. "나그네의 옷은 가사(袈裟)" 하고 날마다 노래하던 오쿠라의 목소리도 들은 기억이 있다고 말하지는 않을 것 같다.

샤미센 소리가 생각지도 못한 파노라마를 내 눈앞에 펼치는 가운데, 나는 그리운 과거 앞에 선 채 20년 전에 살던 철없는 꼬마로 변했다. 그때, 갑자기 욕탕 문이 스르르 열렸다.

누가 왔나, 하고 몸을 물에 띄운 채 시선만 입구로 던진다. 입구에서 가장 멀리 떨어진 욕조 가장자리에 머리를 얹고 있으면, 욕조로 내려오는 계단은 스무 자쯤 거리를 두고 비스듬히 내 눈에 들어온다. 하지만 올려다보는 내 눈동자에는 아직 아무것도 비치지 않는다. 잠시 동안은 처마를 따라 빗방울 떨어지는 소리만 들려온다. 샤미센은 어느새 멈춰 있었다.

이윽고 계단 위에 뭔가가 나타났다. 넓은 욕탕을 비추는 것은 오로지 작은 벽걸이 램프 하나뿐이기에, 이 정도 거리라면 맑게 갠 공기에서도 분명히 알기는 어렵다. 하물며 피어오르는 수증기가, 자욱한 비에 눌려 도망갈 곳을 잃은 오늘 밤의 욕탕 안에, 누가 서 있는지는 당연히 알기 어렵다. 한 계단을 내려오고, 두 계단을 밟으며, 밝게 비춘 등불 빛을 온전히 받지 않는 한, 남자라고도 여자라고도 말을 걸 수가 없다.

검은 것이 한 걸음 아래로 내려왔다. 발을 디딘 돌은 벨벳처럼 부드러워 보여, 발소리를 증거로 삼는다면 움직이지 않는다고 평해도 무방하다. 하지만 윤곽은 살짝 떠오른다. 나는 화공인 만큼 인체의 골격에 대해서는 의외로 시각이 예민하다. 뭔지도 알 수 없는 것이 한 계단 움직였을 때, 나는 여자와 단둘이, 이 욕탕 안에 있다는 것을 깨달았다.

기척을 해야 할지 말아야 할지, 물 위에 뜬 채 생각하는 사이, 이미 여자의 그림자는 유감없이 내 앞에 나타났다. 자욱한 더운 김의 부드러운 광선을 하나하나 품고, 따스해 보이는 연분홍빛 속으로 살랑이는 검은 머리칼을 구름과 흘려보내며, 날씬하게 뻗은 여자의 모습을 보았을 때는, 예의니 법도니 풍기니 하는 느낌은 모조리 내 머릿속을 떠나고, 그저 아름다운 그림의 소재를 찾았구나 하는 생각뿐이었다.

고대 그리스의 조각은 어떤지 모르겠지만, 지금의 프랑스 화가가 생명처럼 여기는 나체화를 볼 때마다, 노골적인 육체의 아름다움을 너무 극단까지 그려내려는 흔적이 생생히 보여, 왠지 운치가 부족하다는 느낌이 지금까지 나를 괴롭혀왔다. 하지만 그때마다 그저 품위가 없다고만 평할 뿐, 왜 품위가 없는지 알 수 없었기에, 그 답을 얻기 위해 나도 모르게 고민하며 지금에 이른 것이리라. 육체를 가리면 아름다움이 감춰진다. 감추지 않으면 저속해진다. 요즘 세상의 나체화라는 것은 그저 감추지 않음의 저속함에 기교 부리기를 멈추지 않는다. 옷을 빼앗은 모습을 그대로 그리는 것만으로는 부족하다는 듯, 기어코 나체를 의관(衣冠)의 세계 안으로 들이밀려고 한다. 옷을 입는 것이 인간의 평소 모습임을 잊고, 전라에 모든 권능을 부여하려고 시도한다. 열이면 족할 것을 열둘, 열다섯, 끝도 없이 나아가며 한결같이, 이것이 나체다, 라는 느낌을 강하게 그려내려고 한다. 기교가 극에 달했을 때, 보는 이를 강요하는 것을 사람들은 추하다고 한다. 아름다운 것을 더더욱 아름답게 하려고 안달할 때, 아름다운 것은 오히려 그 정도가 줄어드는 법이다. 인간사에 있어서도 차면 기운다는 속담은 바로 그 때문이다.

멍함과 천진함은 여유를 나타낸다. 여유는 그림에서, 시에서, 또는 문장에서 필수 조건이다. 이 시대 예술의 가장 큰 폐해는 소위 문명의 조류가 쓸데없이 예술가를 몰아붙여 온갖 일에 얽매이고 안달하게 하는 데에 있다. 나체화는 그 좋은 예일 것이다. 도시에 게이샤라는 사람이 있다. 색을 팔아 사람에게 교태를 부리는 것으로 장사를 한다. 그들은 손님을 대할 때, 자신의 외모가 어떻게 상대방의 눈에 비칠지를 고려하는 것 말고는 다른 어떤 표정도 보여주지 못한다. 해마다 보는 미술전람회의 목록은 게이샤를 닮은 나체 미인으로 가득하다. 그들은 1초도 자신이 나체라는 것을 잊을 수 없을 뿐 아니라, 온몸의 근육을 꿈틀거리며 자신이 나체임을 관람자에게 보여주려고 애쓴다.

지금 내 눈앞에 우아하게 나타난 모습에는 속세의 때가 묻은 이 눈을 가로막는 것이라고는 하나도 걸치고 있지 않다. 보통 사람이 입는 옷을 벗어 던진 모습이라면, 이미 인간계로 타락해버린 것이다. 하지만 처음부터 입어야 할 옷도, 하늘거려야 할 소맺자락도 알지 못하는 신화시대의 모습을 구름 속에 불러일으킨 것처럼 자연스럽다.

실내를 가득 채운 더운 김은 다 채우고 나서도 끊임없이 피어오른다. 봄밤의 불빛을 반투명하게 펼치고, 방 안 가득 무지개의 세계가 짙게 흔들리는 가운데, 몽롱하게, 검은색인 듯한 머리칼을 부옇게 흐리며, 새하얀 모습이 구름 밑바닥에서 서서히 떠오른다. 그 윤곽을 보라.

목덜미를 양쪽에서 가볍게 안쪽으로 좁히더니, 어려움 없이 어깨 쪽으로 비스듬히 떨어지는 선이, 풍만하고 둥글게 꺾이며 흘러내린 그 끝은, 다섯 개의 손가락으로 갈라질 것이다. 봉긋이 떠오른 두 젖가슴 아래에는, 잠시 가라앉은 물결이 또다시 매끄럽게 되살아나 아랫배의 팽팽함을 편안하게 보여준다. 팽팽한 힘은 뒤로 빠져, 그 힘이 다한 언저리에서 둘로 갈라진 살이 평형을 유지하기 위해 살짝 앞으로 기운다. 거꾸로 힘을 받는 무릎은 다시 세우고, 긴 물결이 발뒤꿈치에 다다를 즈음, 평평한 발이 모든 갈등을 두 발바닥에서 편안히 처리한다. 세상에 이토록 복잡한 배합은 없다. 이토록 통일된 배합도 없다. 이토록 자연스럽고, 이토록 부드럽고, 이토록 저항이 적으며, 이토록 힘들이지 않은 윤곽은 결코 찾을 수 없다.

게다가 이 모습은 보통의 나체처럼 노골적으로 내 눈앞에 들이밀어진 것이 아니다. 모든 것을 우아하게 바꿔버리는 일종의 영기(靈氣) 속에 어렴풋이, 충분한 아름다움을 그윽하게 내비치고 있을 뿐이다. 먹을 듬뿍 묻힌 붓으로 비늘 하나하나를 힘차게 그려, 교룡(蛟龍)*의 기괴함을 종이와 붓 바깥에서 상상하게 하는 것처럼, 예술적으로 보아 더할 나위 없는, 공기와 따스함과 아득한 분위기를 갖추고 있다. 비늘 하나하나를 꼼꼼히 그려 넣은 용이 우스꽝스러워 보이는 것이 사실이라면, 적나라한 살을 노골적으로 바라보지 않는 데에 그리움의 여운이 있다. 이 윤곽이 내 눈 안에 들어왔을 때, 나는 달나라의 선녀 항아**가 뒤쫓아온 무지개에 감싸여 잠시 망설이는 모습이라고 생각했다.

윤곽은 서서히 하얗게 떠오른다. 이제 한 발만 내디디면, 겨우 도망친 항아가 가엽게도 속계로 타락하는구나 하고 생각한 찰나, 윤기 있는 검은 머리칼은 물결을 가르는 영묘한 거북의 꼬리처럼 바람을 일으키며 희미하게 나부꼈다. 소용돌이치는 김을 헤치고 하얀 모습은 계단을 뛰어 올라간다. 호호호호, 하고 날카롭게 웃는 여자의 목소리가 복도에 울리면서, 조용한 욕탕에서 서서히 저편으로 물러간다. 나는 뜨거운 물을 꿀꺽 삼킨 채, 욕조 안에서 벌떡 일어선다. 놀란 물결이 가슴에 닿는다. 테두리를 넘쳐흐르는 온천물 소리가 쏴아 하고 울린다.

---

* 뱀 같은 형상에 뿔과 사지가 달린 전설상의 용.
** 중국의 고대 전설에 나오는 선녀로 달의 궁전에 산다고 한다.

8

차 대접을 받는다. 동석한 손님은 승려 한 명, 간카이지 절의 주지로 이름은 다이테쓰라고 한다. 속인 한 명은 스물네댓쯤 된 젊은 남자다.

노인의 방은 내 방 복도를 오른쪽 끝까지 가서 왼쪽으로 돌면 막다른 곳에 있다. 크기는 다다미 여섯 장은 될 것 같다. 커다란 자단 책상을 한가운데에 놓아서 그런지 생각보다 비좁다. 앉으라고 권해준 자리를 보니, 방석 대신 문양이 있는 융단이 깔려 있다. 물론 중국제일 것이다. 한가운데를 육각형으로 나누어, 묘한 집과 묘한 버드나무 문양이 짜여 있다. 테두리는 강철색에 가까운 남빛이고, 네 모서리에는 당초무늬를 장식한 갈색 고리 문양이 염색되어 있다. 중국에서 이것을 방에서 사용했는지는 의

문이지만, 이렇게 방석 대용으로 보니 아주 운치가 있다. 인도의 사라사나 페르시아의 태피스트리라고 하는 것이 조금 엉성한 데서 가치가 있는 것처럼, 이 융단도 꼼꼼하지 않은 데서 운치가 있다. 융단뿐만이 아니다. 중국의 용구는 하나같이 엉성하다. 아무래도 어벙하고 느긋한 인종이 발명했다고밖에 생각할 수 없다. 보고 있으면 멍한 기분이 드는 것이 고귀하다. 일본은 소매치기의 태도로 미술품을 만든다. 서양은 크고 세세하고, 그러면서도 언제까지나 속세에 집착하는 마음을 떨치지 못한다. 일단 그런 생각을 하면서 자리에 앉는다. 젊은 남자는 나와 나란히 융단의 절반을 차지했다.

스님은 호랑이 가죽 위에 앉았다. 호랑이 가죽의 꼬리가 내 무릎 옆을 지나고, 머리는 노인의 엉덩이 밑에 깔려 있다. 노인은 머리의 털을 모조리 다 뽑아 뺨과 턱에 이식이라도 한 것처럼 흰 수염이 덥수룩하게 나 있고, 받침에 놓인 찻잔을 공손히 탁자 위에 놓는다.

"오늘은 오랜만에 저희 집에 손님이 오셨으니 차 한 잔 대접해 드리려고……" 하며 스님 쪽을 바라보니,

"아, 사환까지 보내주시고 고맙소. 나도 꽤 격조해서 오늘쯤 가볼까 생각하던 참이었소" 하고 말한다. 이 승려는 예순이 가까운, 얼굴이 둥글고 달마를 초서(草書)로 흘려 그린 듯한 외모를 갖고 있다. 노인과는 평소부터 친한 사이처럼 보인다.

"이분이 손님이신가?"

노인은 고개를 끄덕이며 붉은 진흙으로 만든 찻주전자에서 초록을 품은 호박색의 아름다운 액체를 두세 방울씩 찻잔 바닥에 떨어뜨린다. 맑은 향이 희미하게 코를 덮치는 느낌이 들었다.

"이런 시골에서 혼자면 적적하겠군요."

스님은 바로 내게 말을 걸었다.

"아아."

이도 저도 아닌 알 수 없는 대답을 한다. 적적하다고 하면 거짓말이다. 적적하지 않다고 하면 긴 설명이 필요하다.

"무슨 말씀을요, 스님. 이분은 그림을 그리려고 오신 거라 오히려 바쁘십니다."

"아, 그런가. 그럼 다행이군. 역시 남종파(南宗派)*인가요?"

"아닙니다."

이번에는 대답을 했다. 서양화라고 해도 이 스님은 모를 것이다.

"아, 그게, 그 서양화라는 건데요."

노인이 주인 역할을 맡아 또 반쯤 받아준다.

"아하, 서양화인가. 그럼 저기 규이치 군이 그리는 그런 것 말인가. 나도 그걸 얼마 전에 처음 봤는데 꽤 아름답게 그렸더군."

* 당나라 왕유를 시조로 하는 수묵화 유파로 남화라고도 한다.

"아니요, 시시한 겁니다."

젊은 남자가 그제야 겨우 입을 열었다.

"너, 스님께 뭔가 보여드렸느냐?"

노인이 젊은 남자에게 묻는다. 말투를 봐도, 태도를 봐도 아무래도 친척인 모양이다.

"아니요, 보여드린 게 아니고, 가가미가 연못에서 그림 그리고 있는 걸 스님께서 보신 겁니다."

"음, 그러냐. 자, 그럼 차를 따랐으니 한 잔."

노인은 찻잔을 각자의 앞에 놓는다. 차의 양은 서너 방울뿐인데 찻잔은 무척 크다. 적회색 바탕에 거무스름한 붉은색과 연한 노란색으로, 그림인지, 무늬인지, 도깨비 얼굴 모양이 되려다 말았는지, 전혀 짐작이 안 가는 것이 전면에 그려져 있다.

"모쿠베(杢兵衛)*입니다."

노인이 간단히 설명했다.

"이건 흥미롭군요."

나도 간단히 칭찬했다.

"모쿠베는 아무래도 가짜가 많아서. 그 실굽**을 좀 보시지요. 이름이 있으니까."

---

* 아오키 모쿠베. 에도 시대 후기의 도공으로 명 찻잔을 많이 남겼다.

** 그릇 밑바닥에 가늘게 둘려진 받침.

들어 올려 장지문 쪽으로 돌려서 본다. 장지문에는 엽란 화분의 그림자가 따스하게 비쳐 있다. 고개를 숙이고 살펴보니 '모쿠(杢)'라는 글자가 작게 보인다. 감상하는 데 작가 이름이 그다지 중요하다고 생각하지는 않지만, 호사가는 어지간히 그게 신경 쓰인다고 한다. 찻잔을 내려놓지 않고 그대로 입에 갖다 댔다. 진하고 달콤하게, 적당한 온도로 우러난 묵직한 이슬을 혀끝에 한 방울 한 방울 떨어뜨려 음미해보는 것은, 한가로운 사람에게 어울리는 풍류다. 보통 사람은 차는 마시는 것으로 알고 있지만 그렇지 않다. 혀끝에 똑 떨어뜨려, 맑은 것이 사방으로 흩어지면 목구멍으로 내려갈 액체는 거의 없다. 그저 은은히 감도는 향이 식도를 타고 위 속으로 스며들 뿐이다. 이[齒]를 사용하는 것은 천하다. 물은 너무 가볍다. 하지만 교쿠로(玉露)*라면, 그 농도가 담수(淡水)의 경계를 넘어서지만, 그렇다고 턱을 지치게 할 만큼의 경도(硬度)는 없다. 좋은 음료다. 잠이 오지 않는다고 불평하는 사람이 있다면, 못 자더라도 차를 마시라고 권하고 싶다.

노인은 어느 틈에 청옥(青玉)으로 만든 과자 접시를 내놓았다. 커다란 덩어리를 이토록 얇게, 이토록 규칙적으로 깎아낸 장인의 솜씨가 놀랍다는 생각이 든다. 빛에 비춰 보니 봄의 햇살이 온통 비쳐 들어와 그대로 박힌 채 도망쳐 나갈 길을 잃어버린 듯

* 새 잎이 두세 장 나기 시작할 때 짚으로 햇빛을 차단해서 기른 고급 차.

한 느낌이다. 그릇 안에는 아무것도 담지 않는 게 좋다.

"손님께서 청자를 칭찬하셔서 오늘 좀 보여드릴까 해서 내왔습니다."

"어떤 청자? 음, 저 과자 그릇인가. 저건 나도 좋아하지. 그런데 선생, 서양화는 미닫이문 같은 곳에는 못 거는가? 걸 수 있다면 하나 부탁하고 싶은데."

그려달라고 하면 못 그릴 것도 없지만, 이 스님의 마음에 들지 어떨지는 알 수 없다. 애써 그렸는데 서양화는 안 되겠군 하는 말을 듣는다면 애쓴 보람이 없다.

"미닫이문에는 어울리지 않을 겁니다."

"안 어울릴까. 그렇겠지. 얼마 전에 규이치 군이 그린 그림처럼 너무 화려할지도 모르지."

"제 그림은 안 됩니다. 그건 완전 장난이에요."

젊은 남자가 연신 부끄러워하며 겸손해한다.

"그 무슨 무슨 연못인가 하는 곳은 어디입니까?"

나는 만약을 위해 젊은 남자에게 물어둔다.

"간카이지 절 뒤쪽 계곡에 있는데 깊고 조용한 곳입니다. 학교 다닐 때 배웠던 거라 심심풀이로 그려봤을 뿐입니다."

"간카이지라고 하면……"

"간카이지라면 내가 있는 곳이군. 좋은 곳이지. 바다가 한눈에 내려다보이고. 뭐, 여기 있는 동안 잠깐 찾아오시게. 여기서 대여섯 정쯤이네. 저 복도에서, 저기 보시게, 절 계단이 보이지 않나?"

"언제 한번 찾아봬도 되겠습니까?"

"그럼 되고말고. 늘 있으니까. 이 집 아가씨도 자주 오시지. 그러고 보니 오늘은 나미 씨가 안 보이는 것 같군. 무슨 일 있었소, 주인장?"

"어디 나갔나? 규이치, 너한테 간 건 아니지?"

"아니요, 안 왔습니다."

"또 혼자서 산책인가. 하하하하. 나미 씨는 다리가 참 튼튼해. 얼마 전 법요 일로 도나미까지 가는데, 스가타미바시 다리 있는 데서, 암만 봐도 많이 닮았는데 했더니 나미 씨였어. 옷 뒷자락을 걷어 올리고 조리*를 신고서 말이야. 그런데 갑자기 스님, 그렇게 꾸물대면서 어디로 가세요, 하길래 깜짝 놀랐지 뭔가, 하하하하. 자네는 그런 차림으로 대체 어디에 갔었냐고 물으니, 미나리 뜯으러 갔다 온다고, 스님, 좀 드릴까요 하더니, 내 소맷자락에 흙투성이 미나리를 불쑥 집어넣는 게 아닌가, 하하하하."

"참, 정말이지……"

노인은 쓴웃음을 지으며 벌떡 일어서더니 "사실은 이걸 보여드리려고" 하며 또 이야기를 도구들 쪽으로 돌렸다.

---

* 발가락을 끼우는 샌들 모양으로 만들어진 일본 전통 신발.

노인이 자단나무 책장에서 조심조심 꺼내온 오래된 비단 보자기는 왠지 묵직해 보인다.

"스님께서는 보신 적이 있지요?"

"뭡니까, 대체?"

"벼루입니다."

"허어, 어떤 벼루요?"

"산요(山陽)*의 애장품이라는……"

"아니, 그건 아직 못 봤소."

"슌스이(春水)**의 여벌 뚜껑도 함께 있고……"

"그건 아직인 것 같은데. 어디 봅시다."

노인이 조심스레 비단 보자기를 풀자, 팥색의 네모난 돌이 슬며시 모서리를 드러낸다.

"색이 좋군. 단계(端溪)***인가요?"

"예, 단계이고 구욕안(鴝鵒眼)****이 아홉 개 있습니다."

"아홉 개?"

스님이 감탄한 모양이다.

---

* 라이 산요. 에도 시대 말기의 유학자.

** 라이 슌스이. 에도 시대 말기의 유학자로 산요의 아버지.

*** 중국 광동성의 단계 지방에서 나는 단계석으로 만든 벼루.

**** 단계석에는 구욕새의 눈알처럼 생긴 반점이 있는데 이를 구욕안이라고 한다. 이 반점이 많은 단계일수록 좋은 벼루다.

"이게 슌스이의 여벌 뚜껑인데."

노인은 매끄러운 비단을 바른 얇은 뚜껑을 보여준다. 그 위에 슌스이의 글씨로 칠언절구가 쓰여 있다.

"과연 슌스이는 잘 쓰는군. 잘 쓰기는 한데, 글씨는 교헤이(杏坪)*쪽이 더 낫지."

"역시 교헤이가 좋은가요?"

"산요가 제일 서투른 것 같아. 아무래도 재주가 많고 속된 기운이 있어 도통 운치가 없어."

"하하하하. 스님께서 산요를 싫어하셔서 오늘은 산요 족자 대신 다른 걸 걸어두었습니다."

"정말이오?"

스님이 뒤를 돌아본다. 도코노마에는 평평한 나무판이 깔려 있고, 녹이 슬어가는 오래된 구리 병에 목련이 두 자 높이로 꽂혀 있다. 벽에 걸린 것은, 은은한 광택이 도는 고금란(古錦襴)** 천에, 공들여 장정한 부쓰 소라이(物徂徠)***의 폭이 큰 족자다. 비단은 아니지만 다소 세월이 흐른 탓에, 글자의 좋고 나쁨은 논할 것도 없고, 종이의 색이 바탕의 천과 잘 어울려 보인다. 저 금란 천도 새것이었을 때는 저만한 그윽함도 없었을 테지만, 채색

---

* 라이 교헤이. 라이 슌스이의 막내 동생으로 산요의 교육에 힘썼다.
** 황금실로 봉황이나 꽃을 화려하게 짜넣은 중국의 직물.
*** 에도 중기의 유학자.

이 바라고 금실이 칙칙해져, 화려함이 사라지고 수수함이 드러나면서 저런 멋진 분위기가 되었을 것이다. 짙은 갈색의 사벽(砂壁) 위에 하얀 상아 족자가 두드러지게 팽팽하게 걸려 있고, 그 앞에 목련이 둥실 떠올라 있는 것 외에는, 도코노마 전체의 정취는 지나치게 차분해 오히려 음침하다.

"소라이인가요?"

스님이 고개를 돌린 채 말한다.

"소라이도 그다지 안 좋아하실지 모르지만, 산요보다는 나을까 해서요."

"그야 소라이 쪽이 훨씬 좋지. 교호(享保)* 무렵의 학자는 글씨는 서툴러도 어딘가 품위가 있어."

"고타쿠(広沢)**를 일본의 명필이라고 한다면, 자신은 한나라의 졸필이라고 말한 게 소라이였나요, 스님?"

"난 모르오. 그렇게 잘난 척할 만한 글씨도 아니니까, 아하하하."

"그런데 스님은 누구한테서 배우셨습니까?"

"나 말이오? 선승은 책도 읽지 않고 글도 쓰지 않으니까요."

"그래도 누구한테 배우셨겠지요."

* 1716~1736년까지의 연호.

** 호소이 고타쿠. 에도 시대 중기의 유학자.

"젊을 때 고센의 글씨를 좀 연습한 적이 있지요. 그게 전부요. 그래도 누가 부탁하면 언제든 씁니다. 하하하하. 그건 그렇고 그 단계 벼루 좀 볼까요?" 하고 스님이 재촉한다.

드디어 비단 보자기를 푼다. 그 자리의 시선이 모조리 벼루 위에 떨어진다. 두께가 거의 두 치 가까이 되니 보통 벼루의 두 배는 될 것이다. 폭이 네 치에 길이가 여섯 치인 것은 일단 평범하다 해도 좋을 것이다. 뚜껑은 비늘 모양으로 깎은 소나무 껍질을 그대로 쓰고, 위에는 붉은색의 알 수 없는 서체로 두 글자가 쓰여 있을 뿐이다.

"이 뚜껑이"

노인이 말한다.

"이 뚜껑이 그냥 뚜껑이 아닌지라, 보시는 바와 같이 소나무 껍질임은 분명하지만……"

노인의 눈은 내 쪽을 보고 있다. 하지만 소나무 껍질 뚜껑에 어떤 유래가 있든, 화공인 나로서는 그다지 감복할 수가 없어서 이렇게 말했다.

"소나무 뚜껑은 좀 세속적이군요."

노인은 뭔가 말을 하려고 손을 들었다.

"그냥 소나무 뚜껑이라면 세속적일 수도 있지만, 이건 그거예요. 산요가 히로시마에 있을 때 정원에 심어져 있던 소나무 껍질을 벗겨서 산요가 직접 만든 겁니다."

역시 산요는 세속적인 사람이구나, 하는 생각이 들어 가차없이 말했다.

"어차피 직접 만들 거면 더 어설프게 만들 수도 있었을 텐데요. 굳이 이 비늘 모양 같은 걸 반질반질하게 깎지 않아도 좋았을 것 같습니다만."

"아하하하하. 그렇군. 이 뚜껑은 너무 싸구려 같아."

스님이 불쑥 내 말에 동의했다.

젊은 남자는 안됐다는 듯이 노인의 얼굴을 본다. 노인은 조금 언짢다는 듯이 뚜껑을 들었다. 그 밑에 드디어 벼루가 정체를 드러낸다.

만약 이 벼루에 사람의 눈을 끌만 한 특이한 점이 있다고 한다면, 그 표면에 드러난 장인의 조각이다. 한가운데에 회중시계만 한 크기의 둥근 부분을 테두리와 거의 같은 높이로 깎아 남겨놓고, 그것을 거미의 등으로 형상화했다. 그 중앙에서 사방으로 여덟 개의 다리가 활처럼 휘어서 뻗어 있고, 그 다리 끝은 하나하나 구욕새의 눈알을 품고 있다. 나머지 눈알 하나는 등 한복판에, 노란 즙을 떨어뜨린 것처럼 번져 보인다. 거미 등과 다리와 벼루의 테두리를 남긴 나머지 부분은 대략 한 치쯤 깊이로 파여 있다. 먹물을 담는 곳이 설마 이 참호 바닥은 아닐 것이다. 설령 한 홉의 물을 붓는다 해도 이 깊이를 채우기에는 부족하다. 아마도 연적*에서 한 방울의 물을 은국자로 떠서 거미 등에 떨어뜨려 귀한 먹으로 갈 것이다. 그게 아니라면, 이름은 벼루라 해도 그 실질은 순전히 서재용 장식품에 지나지 않는다.

노인은 군침이 도는 듯한 입으로 말한다.

"이 촉감과, 이 눈알을 보십시오."

과연 보면 볼수록 좋은 색이다. 차갑게 윤택이 흐르는 표면에, 훅 하고 입김을 한번 불면 순식간에 응어리져 한 무리의 구름을 일으킬 것만 같다. 특히 놀라운 것은 눈알의 색이다. 눈알의 색이라기보다는, 눈알과 바탕이 서로 섞여 어우러지는 곳의 색이 차츰차츰 변하는데, 언제 변했는지, 내 눈이 속아 넘어간 곳을 찾아낼 수가 없다. 형용해보자면, 자줏빛 양갱 속에, 강낭콩을 빛에 비춰야만 보일 만큼 깊숙이 박아놓은 듯한 모습이다. 구욕새의 눈알이 벼루에 한두 개만 있어도 대단히 귀하게 취급된다. 아홉 개라면 거의 유례가 없을 것이다. 게다가 그 아홉 개가 가지런히 같은 간격으로 안배되어, 마치 사람이 만든 것으로 착각하게 할 정도라면 말할 것도 없이 천하일품이라고 인정할 수밖에 없다.

"역시 좋군요. 보고 있으니 기분만 좋은 게 아닙니다. 이렇게 만져봐도 유쾌합니다."

* 벼루에 먹을 갈 때 물을 담아두는 그릇.

나는 그렇게 말하며 옆자리의 젊은 남자에게 벼루를 건넸다.

"규이치가 그런 걸 알까?"

노인이 웃으며 물어본다.

"모릅니다."

규이치 군은 내뱉듯이 말은 했지만, 잘 모르는 벼루를 자기 앞에 놓고 바라보더니, 과분하다는 생각이 들었는지 다시 집어 들어 내게 돌려주었다. 나는 다시 한번 조심스레 만져본 다음, 정중히 선승에게 돌려주었다. 선승은 손바닥 위에 놓고 찬찬히 살펴본 끝에, 그걸로는 성에 치지 않았던지 회색의 무명 옷소매를 거미 등에 사정없이 문지르며 광택이 나는 곳을 내내 음미하고 있다.

"주인장, 이 색이 참으로 좋군. 사용한 적은 있소?"

"아니요, 함부로 쓰고 싶지 않아서, 사들이고는 그대로입니다."

"그렇겠지. 이런 건 중국에서도 드물 것이오, 주인장."

"그렇지요."

"나도 하나 갖고 싶군. 뭣하면 규이치 군한테 부탁할까. 어떤가? 사올 수 있겠나?"

"헤헤헤헤. 벼루를 찾기도 전에 죽어버릴 것 같은데요."

"정말이지 벼루가 문제가 아니군. 그런데 언제 떠나나?"

"이삼일 안에 떠납니다."

"주인장. 요시다까지 바래다주게."

"평소라면 나이도 들어서 안 갔을 텐데, 어쩌면 이제 못 볼지도 모르니까 바래다주려고 합니다."

"큰아버지는 안 바래다주셔도 됩니다."

젊은 남자는 이 노인의 조카인 모양이다. 그러고 보니 어딘지 닮았다.

"무슨 소리, 바래다주는 게 맞지. 나룻배로 가면 수월해. 안 그렇소, 주인장?"

"예. 산을 넘는 건 힘들지만, 멀리 둘러 가도 배로 간다면야……"

젊은 남자는 이번에는 굳이 사양하지도 않는다. 그저 말없이 앉아 있다.

"중국 쪽으로 가십니까?"

나는 슬쩍 물어보았다.

"예."

'예'라는 말만으로는 조금 부족했지만, 더 이상 파고 물을 필요도 없기에 그만두었다. 장지문을 보니, 난초 그림자의 위치가 조금 바뀌어 있다.

"그게 말입니다, 이번 전쟁에……, 이 녀석이 원래 지원병이었던 바람에, 그래서 소집이 된 겁니다."

노인은 당사자를 대신해, 머지않아 만주 벌판으로 출정해야 하는 이 청년의 운명을 내게 이야기했다. 꿈과 같은, 시와 같은 이 봄의 마을에, 우는 것은 새, 지는 것은 꽃, 솟는 것은 온천뿐이라고만 생각했던 것은 잘못이었다. 현실 세계는 산을 넘고, 바다를 건너, 오랜 세월 헤이케의 후예만이 살아온 벽촌에까지 닥쳐온다.* 중국 북방의 광야를 물들일 핏물의 몇만 분의 일이 이 청년의 동맥에서 뿜어져 나올 때가 올지도 모른다. 이 청년의 허리에 매달린 긴 칼끝에서 연기가 되어 날아갈지도 모른다. 하지만 이 청년은, 꿈을 꾸는 것 외에 그 어떤 가치도 인생에서 인정할 수 없는 한 화공 옆에 앉아 있다. 귀를 쫑긋 세우면 그의 가슴에서 뛰는 심장의 고동 소리까지 들을 수 있을 만큼 가까이 앉아 있다. 그 고동 소리 속에는, 백리(百里)의 평야를 휘감는 높은 바닷물 소리가 이미 울리고 있는지도 모른다. 운명은 이 두 사람을 돌연 한 자리에서 만나게 했을 뿐, 그 밖에는 아무것도 말하지 않는다.

* 헤이안 시대 말, 조정을 장악한 헤이시(平氏)와 그에 대항한 겐지(源氏)의 전투에서 헤이시는 몰락한다. 헤이케는 헤이시 가문의 사람으로, 전쟁에 패한 그들의 후예가 그 후 산골 벽지에 숨어 살고 있다는 전설이 전해지고 있다.

9

"공부하세요?"

여자가 말한다. 방으로 돌아온 나는 삼각대에 묶어온 책 한 권을 빼내 읽고 있었다.

"들어오시지요. 전혀 상관없습니다."

여자는 거리끼는 기색도 없이 성큼성큼 들어온다. 모양이 예쁜 목의 색이 칙칙한 옷깃에서 선명히 드러나 있다. 여자가 내 앞에 앉았을 때, 그 목과 옷깃의 대조가 가장 먼저 눈에 들어왔다.

"서양 책입니까? 어려운 게 쓰여 있겠지요."

"아뇨, 딱히."

"그럼 뭐가 쓰여 있나요?"

"글쎄요. 사실은 저도 잘 모릅니다."

"호호호호. 그래서 공부하시는 건가요?"

"공부가 아닙니다. 그냥 책상 위에 이렇게 펼쳐놓고, 펼쳐진 곳을 되는대로 읽고 있는 겁니다."

"그래서 재미있나요?"

"그게 재미있습니다."

"왜요?"

"왜긴요, 소설 같은 건 이렇게 읽는 게 재미있습니다."

"참 유별나시군요."

"예, 좀 유별납니다."

"처음부터 읽으면 왜 나쁜 거죠?"

"처음부터 읽어야 한다면, 끝까지 읽지 않으면 안 되겠죠."

"이상한 논리네요. 끝까지 읽어도 좋지 않나요?"

"물론 나쁘지는 않지요. 줄거리를 읽을 생각이라면 저도 그렇게 합니다."

"줄거리를 읽지 않으면 뭘 읽나요? 줄거리 말고 뭔가 읽을 게 있나요?"

나는 역시 여자구나 하고 생각했다. 살짝 시험해보고 싶은 마음이 든다.

"소설을 좋아합니까?"

"저요?"

잠시 있더니 여자는 "글쎄요" 하고 애매한 대답을 했다. 그다지 좋아하는 것 같지도 않다.

"좋아하는지 싫어하는지 스스로도 모르는 거 아닙니까?"

"소설 같은 건 읽어도 안 읽어도……"

소설의 존재는 전혀 안중에 없다.

"그렇다면 처음부터 읽든 끝에서부터 읽든, 아무 데나 되는대로 읽든 상관없지 않습니까? 당신 말처럼 그렇게 이상하게 여길 것도 없겠죠."

"왜냐하면, 당신과 저는 다르니까요."

"어디가요?"

나는 여자의 눈을 가만히 바라보았다. 시험하는 건 이때다, 하고 생각했지만, 여자의 눈동자는 조금도 움직이지 않는다.

"호호호호, 모르시겠습니까?"

"하지만 젊을 때는 많이 읽었겠죠?"

나는 한쪽으로 몰아붙이기를 그만두고, 살짝 뒤로 돈다.

"지금도 젊다고 생각하는데요. 딱하게도."

먹이를 놓친 매가 또 엉뚱한 쪽으로 날아간다. 조금도 방심할 수가 없다.

"그런 말을 남자 앞에서 할 수 있으면 이미 나이가 든 거지요."

그렇게 겨우 매를 되돌아오게 했다.

"그렇게 말하는 당신도 꽤 나이를 먹지 않았나요? 그렇게 나이를 먹어도 여전히 홀딱 반했다느니 여드름이 났다느니 하는 얘기가 재미있나요?"

"예, 재미있습니다. 죽을 때까지 재미있습니다."

"어머 그래요? 그러니까 화공 같은 사람이 될 수 있는 거군요."

"맞습니다. 화공이니까 소설 같은 건 처음부터 끝까지 읽을 필요가 없는 겁니다. 하지만 어디를 읽어도 재미있습니다. 당신과 이야기하는 것도 재미있습니다. 여기 머무는 동안은 매일 이야기를 나누고 싶을 정도입니다. 뭣하면 당신한테 반해도 좋습니다. 그렇게 되면 더 재미있겠지요. 하지만 아무리 반한다 해도 당신과 부부가 될 필요는 없겠지요. 반해서 부부가 될 필요가 있을 때는 소설을 처음부터 끝까지 읽을 필요가 있는 겁니다."

"그렇다면 몰인정하게 반하는 사람이 화공이라는 말이군요?"

"몰인정이 아닙니다. 비인정하게 반하는 겁니다. 소설도 비인정하게 읽으니까 줄거리 같은 건 아무래도 상관없는 겁니다. 이렇게 제비뽑기를 하듯이 책을 펼쳐서, 펼쳐진 곳을 아무 생각 없이 읽고 있는 게 재미있습니다."

"정말 재미있겠네요. 그럼, 지금 당신이 읽고 있는 곳을 좀 얘기해줘요. 어떤 재미있는 게 나오는지 듣고 싶으니까요."

"이야기로 하면 안 됩니다. 그림도 이야기로 하면 한 푼의 가치도 없어지지 않습니까?"

"호호호, 그럼 그냥 읽어주세요."

"영어로요?"

"아뇨, 일본어로요."

"영어를 일본어로 읽는 건 힘든데."

"상관없잖아요? 비인정하게."

이것도 하나의 재미이겠구나 하고 생각해, 나는 여자의 청을 받아 그 책을 띄엄띄엄 일본어로 읽기 시작했다. 만약 세상에 비인정하게 책을 읽는 법이 있다고 한다면 바로 이것이다. 듣는 여자도 물론 비인정하게 듣고 있다.

"연정의 바람이 여자에게서 불어온다. 목소리에서, 눈에서, 살갗에서 불어온다. 남자에게 기대어 뱃머리로 가는 여자는 해 질 녘의 베니스를 바라보려는 것일까, 여자를 붙잡고 있는 남자는 자신의 맥에 번개의 피를 흐르게 하려는 것일까.* — 비인정이니까 대충 읽는 겁니다. 여기저기 빼먹을지도 몰라요."

"괜찮아요. 알아서 적당히 덧붙여도 상관없어요."

"여자는 남자와 나란히 뱃전에 기댄다. 두 사람의 거리는 바람에 휘날리는 리본의 폭보다도 좁다. 여자는 남자와 함께 베니스

* 조지 메러디스의 소설 《비첨의 생애(Beauchamp's Career)》의 한 구절. 영국의 해군사관 비첨과 프랑스 소녀 사이의 비련을 그린 소설. 인용된 부분은 두 사람이 아드리아해의 요트 안에서 하룻밤을 보내는 장면이다.

에게 안녕 하고 말한다. 도제(Doge)*의 궁전 베니스는 지금 두 번째의 일몰처럼 불그스름하게 사라져간다. ……"

"도제가 뭐죠?"

"뭐가 됐든 상관없습니다. 옛날에 베니스를 지배한 인간의 이름입니다. 몇 대나 계속되었을까요? 그 궁전이 지금도 베니스에 남아 있습니다."

"그래서 그 남자와 여자는 누구인가요?"

"누군지는 저도 모릅니다. 그러니까 재미있는 겁니다. 지금까지의 관계 따위는 아무래도 상관없으니까요. 그냥 당신과 나처럼 이렇게 함께 있는 건데, 그게 그때뿐이니까 재미있는 거겠죠."

"그런 건가요? 어쩐지 배 안에 있는 것 같네요."

"배 안이든 언덕이든, 쓰여 있는 그대로 좋은 겁니다. 왜냐고 묻기 시작하면 탐정이 되어버립니다."

"호호호호, 그럼 안 물을게요."

"보통의 소설은 전부 다 탐정이 발명한 겁니다. 비인정한 데가 없으니까 정취가 하나도 없죠."

"그럼 비인정을 계속해서 들어볼까요? 그래서요?"

"베니스는 가라앉고 또 가라앉으며, 그저 하늘로 이어지는 한

* 베니스나 제노바 등 공화국의 통치자.

줄기 연한 선이 된다. 선은 끊어진다. 끊어져 점이 된다. 오팔 같은 하늘에 둥근 기둥이 여기저기 선다. 마침내 가장 높이 솟은 종루가 가라앉는다. 가라앉았어, 하고 여자가 말한다. 베니스를 떠나는 여자의 마음은 하늘을 나는 바람처럼 자유롭다. 하지만 모습을 감춘 베니스는 다시 돌아가야만 하는 여자의 마음에 속박의 고통을 준다. 남자와 여자는 어두운 만(灣) 쪽으로 눈을 돌린다. 별은 조금씩 늘어난다. 부드럽게 흔들리는 바다는 거품을 뿌리지 않는다. 남자는 여자의 손을 잡는다. 끊임없이 울리는 현을 움켜쥔 마음이다. ……"

"그렇게 비인정하지도 않은 것 같은데요."

"아니요, 이걸 비인정적으로 들을 수 있는 겁니다. 하지만 싫으면 좀 생략할까요?"

"아뇨, 전 괜찮아요."

"전 더 괜찮습니다. ── 그다음에는, 으음, 좀 어려워졌는데. 아무래도 번역하기가, 아니 읽기가 어렵네요."

"읽기 어려우면 생략하세요."

"뭐, 되는대로 해보죠. ── 오늘 하룻밤, 하고 여자가 말한다. 하룻밤? 하고 남자가 묻는다. 하룻밤은 정이 없어, 몇 날 밤이고 함께해야지, 하고 말한다."

"여자의 말인가요, 남자의 말인가요?"

"남자가 하는 말입니다. 아마 여자가 베니스로 돌아가고 싶지 않은 모양입니다. 그래서 남자가 달래는 거죠. ── 한밤중 갑판 위에 밧줄을 베개 삼아 누운 남자의 기억에는, 그 순간이, 뜨거운 한 방울의 피를 닮은 그 순간이, 여자의 손을 꽉 붙잡은 그 순간이 커다란 파도처럼 흔들린다. 남자는 검은 밤을 올려다보며, 강요된 결혼의 구렁에서 반드시 여자를 구해내야겠다고 결심했다. 그렇게 결심하고 남자는 눈을 감는다. ──"

"여자는요?"

"여자는 길을 헤매면서도 어디를 헤매는지 모르는 것 같다. 뭔가에 이끌려 하늘을 건너가는 사람처럼, 그저 한없이 많은 불가사의…… ── 이다음은 좀 읽기 어렵네요. 아무리 해도 문장이 안 돼요. ── 그저 한없이 많은 불가사의……, 뭔가 동사가 없을까요?"

"동사 같은 게 필요한가요? 그걸로 충분해요."

"예?"

쿵 하는 소리가 나더니 산의 나무가 모조리 운다. 얼떨결에 얼굴을 마주 보는데, 그 순간 책상 위의 꽃병에 꽂아둔 동백꽃이 흔들흔들 움직인다.

"지진이에요!"

작은 목소리로 외친 여자는 꿇어앉은 무릎을 펴고 내 책상에 기댄다. 서로의 몸이 닿을 듯 말 듯 움직인다. 키키이 하고 날카로운 날갯짓을 하며 꿩 한 마리가 덤불 속에서 날아오른다.

"꿩이" 하고 나는 창밖을 보며 말한다.

"어디요?" 하며 여자는 흐트러진 몸을 기대온다. 내 얼굴과 여자의 얼굴이 스칠 듯이 가까워진다. 조그만 콧구멍에서 나오는 여자의 숨결이 내 수염에 닿았다.

"비인정입니다" 하며 여자는 곧바로 앉음새를 바로 하더니 정색하고 말한다.

"물론이지요" 하고 나는 즉시 대답했다.

바위의 우묵한 곳에 고인 봄의 물이, 놀라, 너울너울 느릿하게 일렁이고 있다. 깊이 고인 물결이 지반의 울림으로 바닥에서 움직이기에, 표면이 불규칙하게 곡선을 그릴 뿐, 부서지는 부분은 어디에도 없다. 원만하게 움직인다, 라는 말이 있다면 이런 경우에 쓸 수 있으리라. 차분히 그림자를 적시고 있던 산벚나무가 물과 함께 길어졌다 짧아졌다, 굽었다 휘었다 한다. 하지만 어떻게 변하든 여전히 벚나무의 모습을 분명히 지키고 있다는 것이 참으로 재미있다.

"저 녀석은 유쾌하군요. 아름다운 데다가 변화가 있어서요. 저런 식으로 움직이지 않으면 재미가 없지요."

"인간도 저런 식으로만 움직인다면, 아무리 움직여도 괜찮겠지요."

"비인정이 아니면 저렇게는 움직일 수 없습니다."

"호호호호, 비인정을 정말 좋아하시는군요."

"당신도 싫어하는 편은 아닐 텐데요. 어제의 후리소데 차림 같은……" 하고 말을 꺼냈다.

"뭔가 상이라도 주세요."

여자는 갑자기 어리광을 부리듯 말했다.

"왜요?"

"보고 싶다고 하셔서 일부러 보여드렸지 않습니까."

"제가 말입니까?"

"산을 넘어오신 화가 선생이 찻집 할머니한테 일부러 부탁하셨다고 하던데요?"

나는 뭐라고 대답해야 할지 몰라 잠시 인사말이 나오지 않았다. 여자는 틈을 두지 않고,

"이렇게 잘 잊어버리는 사람한테는 아무리 성의를 다해도 소용이 없군요" 하며 놀리듯이, 원망하듯이, 또 정면에서 대들듯이 두 번째 화살을 쏘았다. 점점 패색이 짙어지는데, 어디서 만회해야 할지, 일단 기선을 제압당하고 나니 좀처럼 빈틈을 찾기 어렵다.

"그럼 어젯밤의 욕탕 일도 오로지 친절에서 나온 겁니까?"

아슬아슬한 데서 간신히 다시 일으켜 세운다.

여자는 말이 없다.

"죄송합니다. 답례로 뭘 드릴까요?"

가능한 한 앞으로 나아간다. 아무리 나아가도 아무 효과도 없

었다. 이윽고 여자는 모른 척하는 얼굴로 다이테쓰 스님의 액자를 바라본다.
"죽영불계진부동."
그렇게 입속으로 조용히 읊고서 다시 나를 바라보더니, 갑자기 생각이라도 났다는 듯,
"뭐라고 하셨죠?"
하고 일부러 큰 목소리로 물었다. 그 수에는 먹히지 않는다.
"그 스님은 조금 전에 만났습니다."
지진에 흔들린 연못의 물처럼 원만한 움직임을 보여준다.
"간카이지 절의 스님 말씀인가요? 살이 찌셨죠?"
"서양화를 장지에 그려달라고 하셨습니다. 선승이라는 사람은 참 알 수 없는 말을 하는군요."
"그러니까 그렇게 살이 쪘겠죠."
"그리고 또 젊은이 한 명을 만났습니다. ……"
"규이치죠?"
"예, 규이치 군입니다."
"잘 아시는군요."
"아니, 규이치 군이라는 것만 압니다. 다른 건 아무것도 몰라요. 말하는 걸 싫어하는 사람이던데요."
"아뇨, 조심스러워하는 거예요. 아직 어린애라……"
"어린애라뇨, 당신과 비슷하지 않습니까?"

"호호호호, 그런가요? 그 아인 제 사촌 동생인데 이번에 전장에 나간다고 작별 인사를 하러 온 거예요."

"여기에 묵고 있습니까?"

"아니요, 오라버니댁에 있습니다."

"그럼 일부러 차를 마시러 온 거군요."

"차보다는 온천을 좋아해서요. 아버지가 그만 부르시면 좋을 텐데 자꾸 부르니까요. 발이 저려서 혼났죠? 제가 있었으면 도중에 나가시게 했을 텐데……"

"당신은 어디 있었습니까? 스님이 묻던데요. 또 혼자서 산책 갔냐고."

"네, 가가미가 연못 쪽을 돌고 왔어요."

"그 가가미가 연못, 저도 가보고 싶은데……"

"가보시지요."

"그림 그리기 좋은 곳인가요?"

"몸을 던지기 좋은 곳이지요."

"몸은 아직 그리 쉽게 던질 마음은 없습니다."

"저는 머지않아 던질지도 모릅니다."

여자로서는 너무 대담한 농담이라 나는 번쩍 고개를 들었다. 여자는 의외로 단호하다.

"제가 몸을 던져 물에 떠 있는 모습을—괴로워하며 떠 있는 것이 아니라 편안히 죽은 채 떠 있는 모습을—아름다운 그림으로 그려주세요."

"예?"

"놀랐구나, 놀랐구나, 놀라셨죠?"

여자는 휘익 일어선다. 세 걸음에 닿는 방 입구를 나갈 때, 뒤를 돌아보며 생긋 웃었다. 나는 멍하니 한참을 있었다.

10

가가미가 연못에 가본다. 간카이지 절 뒷길의 삼나무 사이에서 계곡으로 내려가 맞은편 산으로 오르는 도중에, 길이 두 갈래로 갈라지면서 자연스럽게 가가미가의 둘레를 이룬다. 연못가에는 얼룩조릿대가 많다. 어떤 곳은 양쪽으로 무성하게 자라 있어, 소리를 내지 않고는 도무지 지나갈 수가 없다. 나무 사이로 보니 연못의 물은 보이지만, 어디서 시작해 어디서 끝나는지, 일단 돌아보지 않으면 크기를 짐작할 수가 없다. 걸어보니 의외로 작다. 세 정도 안 될 것이다. 그저 아주 불규칙한 형태로 바위가 여기저기 자연 그대로 물가에 가로놓여 있다. 가장자리의 높이도, 연못의 형태를 표현하기 어렵게 다양한 기복으로 불규칙하게 굽이치고 있다.

연못을 돌아보니 잡목이 많다. 몇백 그루나 있는지 셀 수가 없다. 그중에는 아직 봄의 새싹을 틔우지 않은 것도 있다. 가지가 덜 우거진 곳에는, 여전히 화창한 봄의 햇살을 받으며 싹을 틔우기 시작한 잡초도 있다. 콩제비꽃의 연한 그림자가 그 사이로 언뜻언뜻 보인다.

일본의 제비꽃은 잠들어 있는 느낌이다. "하늘에서 내려온 영감(靈感)처럼"이라고 형용한 서양인의 구절은 도저히 맞지 않다. 이런 생각을 한 순간, 내 발이 멈췄다. 발이 멈추면, 싫증이 날 때까지 그곳에 멈춰 선다. 멈춰 설 수 있는 사람은 행복한 사람이다. 도쿄에서 그랬다가는 바로 전차에 치여 죽는다. 전차가 죽이지 않으면, 순사가 내쫓는다. 도시는 태평한 백성을 거지로 착각하고, 소매치기 두목 같은 탐정에게 많은 월급을 주는 곳이다.

나는 풀을 돗자리 삼아 태평한 엉덩이를 살짝 내려놓았다. 여기라면 대엿새 동안 이대로 움직이지 않더라도, 누군가 불만을 꺼낼 걱정은 없다. 자연의 고마움은 여기에 있다. 어쩔 때는 인정사정도 미련도 없지만, 사람마다 달리 취급하는 듯한 경박한 태도는 조금도 보이지 않는다. 이와사키나 미쓰이*를 무시하는

* 메이지 유신 이후에 형성된 재벌. 소세키는 자본가와 부호의 대명사로 이들의 이름을 자주 썼다.

사람이야 얼마든지 있다. 하지만 예나 지금이나 제왕의 권위에 냉담하게 무관심할 수 있는 것은 자연뿐일 것이다. 자연의 덕은 속계를 높이 초월하여, 절대적인 평등관을 무한대로 세우고 있다. 세상의 보잘것없는 것들을 불러 모아 쓸데없이 타이몬*의 분노를 사기보다는, 난초와 혜초를 밭에다 심고 키우며 그 속에서 홀로 살아가는** 편이 훨씬 이로운 생각이다. 세상은 공평무사한 것이라고 말한다. 그렇게 귀중한 것이라면, 하루에 천 명의 좀도둑을 죽여, 그들의 시체를 거름 삼아, 풀밭 가득히 화초를 키우는 게 좋을 것이다.

왠지 이론만 따지고 있으니 아주 따분해졌다. 이런 중학생 수준의 생각을 가다듬으려 굳이 가가미가까지 올 일은 없다. 소맷자락에서 담배를 꺼내 성냥을 치익 긋는다. 그어진 느낌은 들었지만 불은 보이지 않는다. 담배 끝에 갖다 대고 빨아보니 코에서 연기가 나왔다. 역시 붙었구나 하고 그제야 알았다. 성냥은 짧은 풀 속에서 잠시 우룡(雨龍)***의 모습 같은 가느다란 연기를 토하며 금세 사라졌다. 앉은 자리를 옮기며 조금씩 물가로 다가간다. 나의 돗자리는 자연스럽게 연못으로 흘러가다가, 발을 담그

* 5세기경의 그리스인으로 인간 불신자로 알려져 있다. 셰익스피어의 비극 《아테네의 타이몬》의 주인공이다.
** 굴원의 《초사》에 나오는 구절을 인용한 부분이다.
*** 중국의 상상 속 동물로, 뿔이 없고 도마뱀을 닮았다.

면 미지근한 물에 닿을 것 같은 바로 그곳에서 멈춘다. 물을 들여다본다.

눈이 닿는 곳은 그렇게 깊지는 않은 것 같다. 바닥에는 가늘고 긴 수초가 왕생하여 가라앉아 있다. 나는 '왕생'이라는 말 외에 형용할 만한 말을 알지 못한다. 언덕의 억새풀이라면 나부끼는 것을 안다. 해초라면 유혹하는 파도의 연정을 기다린다. 백년을 기다려도 움직일 것 같지 않은, 연못 밑바닥에 가라앉은 이 수초는, 움직일 수 있을 만한 모든 자세를 갖춘 채, 희롱당하게 될 때를 밤낮으로 기다리며 날을 보내고 밤을 새우고, 그렇게 몇 대(代)의 생각을 줄기 끝에 품으며 지금에 이르기까지 끝내 움직이지도 못한 채, 또한 완전히 죽지도 못한 채, 살아 있는 것만 같다.

나는 일어나 풀 속에서 적당한 돌을 두 개 주워온다. 공덕이 되리라는 생각에, 바로 앞에 하나를 던져준다. 보글보글 거품 두 개가 떠올랐다 바로 사라졌다. 바로 사라졌어, 바로 사라졌어, 하고 나는 마음속으로 되뇐다. 들여다보니 세 가닥쯤 되는 긴 머리칼이 나른하게 일렁이고 있다. 눈에 띄면 안 되기라도 하는 듯, 탁한 물이 그것을 감추려고 밑바닥에서 올라온다. 나무아미타불.

이번에는 마음을 다잡고, 힘껏 한가운데로 던진다. 퐁당 하고 희미한 소리가 났다. 조용한 것은 결코 서로 싸우지 않는다. 이제 던질 마음도 사라졌다. 물감상자와 모자를 놓아둔 채 오른쪽으로 돈다.

비탈길을 두 간 남짓 올라간다. 머리 위에는 큰 나무가 드리워져 있어 갑자기 추워진다. 건너편 기슭의 어두운 곳에 동백꽃이 피어 있다. 동백의 잎은 초록이 너무 짙어, 낮에 봐도, 양지에서 봐도 경쾌한 느낌이 없다. 특히 이 동백나무는 바위 모퉁이에서 안쪽으로 두세 간쯤 떨어져 있어, 꽃이 없었다면 뭐가 있는지 알아차릴 수도 없는 곳에 고요히 무리지어 있다. 그 꽃은! 하루 종일 헤아려도 다 헤아릴 수 없을 만큼 많다. 하지만 눈길이 닿으면 어떻게든 헤아리고 싶어질 만큼 선명하다. 다만 선명하기만 할 뿐, 명랑한 느낌이 전혀 없다. 화악 타오를 것만 같아, 나도 모르게 마음을 빼앗기고, 그러다가 왠지 오싹해진다. 저토록 사람을 속이는 꽃은 없다. 나는 깊은 산속의 동백꽃을 볼 때마다 늘 요녀의 모습을 떠올린다. 검은 눈으로 사람을 꾀어내, 어느샌가 요염한 독을 혈관에 불어넣는다. 속았구나, 하고 깨달았을 때는 이미 늦다. 건너편의 동백이 눈에 들어왔을 때, 나는 아아, 보지 않았으면 좋았을 텐데, 하고 생각했다. 저 꽃의 색은 단순한 붉은색이 아니다. 눈이 번쩍 뜨일 만큼의 화려함 속에, 뭐라 말할 수 없이 가라앉은 분위기를 띠고 있다. 초연히 시들어가는 빗속의 배꽃은 그저 가련한 느낌이 든다. 차갑게 요염한 달빛 아래의 해당화는 그저 사랑스러운 기분이 든다. 동백꽃이 가라앉은 것은 전혀 다르다. 거무스름한, 독기 어린, 두려운 기운을 띤 분위기다. 이런 분위기를 속에 품고서, 겉으로는 어디까지나 화려하게 단장하고 있다. 게다가 사람에게 교태를 부리는 모습도 없고, 일부러 사람을 부르는 기색도 보이지 않는다. 확 피고, 툭 지고, 툭 지고, 확 피면서 수백 년의 세월을 사람의 눈에 띄지 않는 산그늘에서 태연히 살아가고 있다. 단 한번 보면 그길로 끝! 본 사람은 그녀의 마력에서 절대 벗어날 수 없다. 그 색은 단순한 붉은색이 아니다. 도륙된 죄수의 피가 저절로 사람의 눈을 끌어당겨, 저절로 사람의 마음을 불쾌하게 하는 것 같은, 일종의 이상한 붉은색이다.

보고 있으니, 툭 하고 붉은 것이 물 위에 떨어졌다. 고요한 봄에 움직인 것은 오로지 이 한 송이뿐이다. 조금 있으니 또 툭 떨어졌다. 저 꽃은 결코 흩어지지 않는다. 무너진다기보다는, 뭉쳐진 채 가지를 떠난다. 가지를 떠날 때는 단번에 떠나버리기에 미련이 없어 보이지만, 떨어지면서도 뭉쳐 있는 것은 왠지 독살스럽다. 또 툭 떨어진다. 저렇게 떨어지는 사이에, 연못의 물이 붉게 변하겠지, 하고 생각했다. 꽃이 고요히 떠 있는 주변은 지금도 조금 붉은 듯한 느낌이 든다. 또 떨어졌다. 땅 위에 떨어졌는지, 물 위에 떨어졌는지, 구별할 수 없을 만큼 고요히 떠 있다. 또 떨어진다. 저것이 가라앉는 일이 있을까 하고 생각한다. 해마다 남김없이 떨어지는 수만 송이의 동백꽃은, 물에 잠기고, 색이 녹아내리고, 썩어서 진흙이 되어, 차츰차츰 바닥으로 가라앉는 걸까. 수천 년 후에는 이 오랜 연못이, 사람들이 모르는 사이에, 떨어진 동백꽃으로 메워져 원래의 평지로 돌아갈지도 모른다. 또 하나 커다란 것이 피를 칠한 도깨비불처럼 떨어진다. 또 떨어진다. 툭, 툭, 떨어진다. 한없이 떨어진다.

이런 곳에 아름다운 여자가 떠 있는 장면을 그려보면 어떨까 생각하면서, 원래 있던 곳으로 돌아가 또 담배를 피우며 멍하니 생각에 잠긴다. 온천장의 나미 씨가 어제 농담으로 했던 말이 물결을 치며 기억 속으로 밀려온다. 마음은 큰 파도에 실린 한 장의 널빤지처럼 흔들린다. 그 얼굴을 소재로 하여 저 동백나무 아래에 띄우고, 그 위에 동백꽃을 몇 송이고 떨어뜨린다. 동백꽃이 영원히 떨어지며, 여자가 영원히 물에 떠 있는 느낌을 나타내고 싶지만, 그것이 그림으로 될 수 있을까. 그 《라오콘》에는, ―《라오콘》 따위는 아무래도 상관없다. 원리에 어긋나든 어긋나지 않든, 그런 느낌이 나오기만 하면 된다. 하지만 인간을 벗어나지 않고 인간 이상(以上)의 영원이라는 느낌을 내기란 쉬운 일이 아니다. 무엇보다 얼굴이 고민이다. 그 얼굴은 빌린다 해도, 그 표정으로는 안 된다. 고통이 이긴다면 모든 것을 망가뜨려버린다. 그렇다고 해서 무턱대고 편안해서는 곤란하다. 차라리 다른 얼굴로 하면 어떨까. 이걸로 할까, 저걸로 할까, 손을 꼽아보지만 아무래도 좋지 않다. 역시 나미 씨의 얼굴이 가장 어울리는 것 같다. 하지만 뭔가가 부족하다. 부족하다는 것까지는 알겠는데, 어디가 부족한지 나로서는 알 수가 없다. 그러니까 나 자신의 상상으로 적당히 바꿀 수가 없다. 거기에 질투를 더한다면 어떨까? 질투에는 불안의 느낌이 너무 많다. 증오는 어떨까? 증오는 너무 격렬하다. 분노? 분노는 완전히 조화를 깬다. 원한? 원한이라도 춘한(春恨) 같은 시적인 것이라면 몰라도, 단지 원한이라면 너무 속되다. 이것저것 생각한 끝에 겨우 깨달았다. 많고 많은 정서 중에 연민이라는 말이 있다는 것을 잊고 있었다. 연민은 신이 모르는 감정이며, 게다가 신에 가장 가까운 인간의 감정이다. 나미 씨의 표정 속에는 이 연민의 마음이 조금도 나타나 있지 않다. 그것이 부족한 것이다. 어떤 순간적인 충동으로 이 감정이 그 여자의 눈썹에 비친 그 순간에, 나의 그림은 이루어질 것이다. 하지만 언제 그것을 볼 수 있을지 알 수 없다. 평소 그 여자의 얼굴에 가득한 것은 사람을 무시하는 엷은 미소와, 이겨야지, 이겨야지 하고 초조해하는 찡그린 표정뿐이다. 그것만으로는 도저히 그림이 되지 않는다.

저벅저벅 하고 발소리가 난다. 마음속의 그림은 3분의 2에서 무너졌다. 누구지 하고 보니, 통소매 옷을 입은 남자가 등에 땔나무를 지고 얼룩조릿대를 헤치며 간카이지 쪽으로 건너온다. 옆 산에서 내려왔을 것이다.

"날씨가 좋군요."

수건을 풀며 인사한다. 허리를 굽히는 순간, 허리띠에 찬 손도끼가 번쩍 하고 빛났다. 마흔쯤 되어 보이는 건장한 남자다. 어디선가 본 것 같다. 남자는 구면인 것처럼 허물이 없다.

"댁도 그림을 그리십니까?"

내 물감상자는 열려 있었다.

"아아, 이 연못이라도 그려볼까 해서 와봤는데, 쓸쓸한 곳이네요. 아무도 다니질 않고."

"예, 그야말로 산속이라……, 고개에서 비를 맞아 아주 혼이 나셨지요?"

"어? 아아, 그때 그 마부군요."

"예, 이렇게 나무를 해서 성아랫마을로 가져갑니다."

겐베는 나뭇짐을 내려놓고 그 위에 걸터앉는다. 담배쌈지를 꺼낸다. 오래된 것이다. 종이인지 가죽인지 모르겠다. 나는 성냥을 빌려준다.

"그런 곳을 매일 넘다니 힘들겠네요."

"뭘요, 익숙하니까요. 그리고 매일 넘지는 않습니다. 사흘에 한 번꼴이고, 어떨 때는 나흘일 때도 있어요."

"나흘에 한 번도 힘들지요."

"아하하하. 말이 불쌍해서 나흘에 한 번으로 합니다."

"그거 좋네요. 자신보다 말이 더 소중하군요. 하하하하."

"그 정도는 아니지만……"

"그런데 이 연못은 아주 오래됐네요. 대체 언제부터 있었던 겁니까?"

"옛날부터 있었습니다."

"옛날부터? 얼마나 옛날부터요?"

"잘 모르겠지만 아주 오래전부터요."

"아주 오래전부터라. 그렇군."

"확실치 않지만 오래전, 시호다 댁 아가씨가 몸을 던졌을 때부터 있었지요."

"시호다라면 그 온천장 말입니까?"

"예."

"아가씨가 몸을 던지다니, 지금 잘 있지 않나요?"

"아니요, 그 아가씨 말고요. 훨씬 오래전의 아가씨가요."

"훨씬 오래전의 아가씨. 언제쯤입니까, 그게?"

"잘은 몰라도 아주 오래전의 아가씨인데……"

"그 오래전의 아가씨가 왜 몸을 던졌습니까?"

"그 아가씨도 지금 아가씨처럼 아름다웠다고 합니다."

"음."

"그런데 어느 날, 보론지(梵論字)*가 와서는……"

* 일본 선종의 일파인 보화종의 승려. 삭발하지 않고 퉁소를 불며 동냥하며 돌아다녔다. 허무승이라고도 불린다.

“보론지라고 하면 허무승(虛無僧) 말하는 겁니까?”

“예, 퉁소를 불고 다니는 그 보론지 말입니다. 그 승려가 시호다 촌장댁에 머물었는데, 그 아름다운 아가씨가 그 승려에게 첫눈에 반해서, 운명이랄까요, 무슨 일이 있어도 함께 있고 싶다며 울었지요.”

“울었다고요. 흐음.”

“그런데 촌장 어른이 들어주지 않았습니다. 보론지는 사위로 들일 수 없다면서. 결국은 쫓아냈지요.”

“그 허무승을 말인가요?”

“예. 그래서 아가씨가 그 승려 뒤를 쫓아 여기까지 와서, 저기 맞은편에 보이는 소나무 있는 곳에서 몸을 던지는 바람에, 굉장한 난리가 났지요. 그때 확실치는 않지만, 전해지는 말이 거울 하나를 갖고 있었다고 합니다. 그래서 이 연못을 지금도 가가미가* 연못이라고 부르지요.”

“하아, 그럼 이미 몸을 던진 사람이 있군요.”

“참으로 발칙한 일이지요.”

“몇 대 전의 일입니까, 그건?”

“잘은 몰라도 아주 오래전의 일이라는군요. 그리고 …… 이건 우리끼리만 하는 얘기입니다만.”

---

* 일본어로 거울을 가가미라고 한다.

"뭡니까?"

"그 시호다 집안에는 대대로 미치광이가 나와요."

"그래요?"

"그야말로 업보지요. 지금 아가씨도 요즘 좀 이상하다고 다들 떠들어대요."

"하하하하. 그건 아니겠죠."

"그럴까요? 하지만 그 어머니도 역시 좀 이상했어요."

"댁에 계신가요?"

"아니요, 작년에 돌아가셨어요."

"흠."

나는 담배꽁초에서 가느다란 연기가 피어오르는 것을 보며 입을 다물었다. 겐베는 나뭇짐을 지고 떠난다.

그림을 그리려고 와서, 이런 생각만 하고 이런 이야기만 듣고 있어서야, 며칠이 지나도 한 장도 그릴 수가 없다. 모처럼 물감 상자까지 들고 온 이상, 오늘은 체면상 밑그림이라도 그려 가야겠다. 다행히 맞은편의 풍경은 나름대로 구조를 이루고 있다. 저것이라도 명목상 조금 그려보자.

열 자 남짓한 검푸른 바위가 연못 바닥에서 똑바로 튀어나와, 짙은 물이 꺾이는 모퉁이에 높고 험하게 자리 잡은 오른편에는, 얼룩조릿대가 벼랑 위에서부터 물가까지 한 치의 빈틈도 없이 무성하게 자라 있다. 위에는 세 아름쯤 되는 큰 소나무가 어린

담쟁이덩굴에 휘감긴 줄기를 비스듬히 꼬며 절반 이상을 수면 위에 드리우고 있다. 거울을 품에 넣은 여자는 저 바위 위에서 뛰어내렸으리라.

삼각대에 걸터앉아 그림에 들어갈 재료를 바라본다. 소나무와 조릿대와 바위와 물인데, 물을 어디서 끊어야 좋을지 모르겠다. 바위의 높이가 열 자라면, 그림자도 열 자다. 얼룩조릿대는 물가에서 멈추지 않고 물속까지도 무성히 자랐나 의심스러울 만큼 물밑까지 선명히 비쳐 보인다. 하늘로 솟은 소나무는 올려다볼 수 있을 만큼, 그림자 또한 무척이나 가늘고 길다. 눈에 비친 그대로의 크기로는 도저히 그림에 다 담을 수 없다. 차라리 실물을 포기하고 그림자만 그리는 것도 하나의 재미일 것이다. 물을 그리고, 물속의 그림자를 그려서, 이게 그림이라고 사람들에게 보여주면 놀라겠지. 하지만 그저 놀라게만 할 뿐이라면 재미가 없다. 정말로 그림이 되었구나, 하고 놀라게 하지 않으면 재미가 없다. 어떻게 하면 좋을까, 하고 골똘히 연못의 수면을 바라본다.

이상하게도 그림자만 바라보고 있어서는 전혀 그림이 되지 않는다. 실물과 비교해 생각해보고 싶어진다. 나는 수면에서 눈을 떼며 슬금슬금 위쪽으로 시선을 옮겨간다. 열 자의 바위를, 그림자 끝에서 물가로 이어지는 곳까지 바라보면서, 물가에서 서서히 물 위로 나온다. 광택의 정도부터 바위 주름의 모양을 하나하나 음미하며 조금씩 올라간다. 드디어 끝까지 올라가 내 두 눈이 험하게 솟은 바위 꼭대기에 다다랐을 때, 나는 뱀의 시선에 포착된 두꺼비처럼, 툭 하고 붓을 떨어뜨렸다.

초록의 가지를 지나가는 석양을 등진 채, 저물어가는 늦봄이 검푸르게 바위 끝을 물들이는 속에, 선명히 새겨진 여자의 얼굴은, — 꽃 아래서 나를 놀라게 하고, 환영으로 나를 놀라게 하고, 후리소데로 나를 놀라게 하고, 욕탕에서 나를 놀라게 한 그 여자의 얼굴이다.

나의 시선은 창백한 여자의 얼굴 한가운데에 탁 하고 못이 박힌 채 움직이지 않는다. 여자도 나긋한 몸을 한껏 뻗은 채, 높은 바위 위에 손가락 하나 움직이지 않고 서 있다. 바로 그 순간!

나는 나도 모르게 벌떡 일어섰다. 여자는 휘익 몸을 돌린다. 오비 사이로 동백꽃처럼 붉은 것이 어른거렸나 싶더니, 이미 건너편으로 뛰어 내려갔다. 석양은 우듬지를 스치며 희미하게 소나무 줄기를 물들인다. 얼룩조릿대는 더더욱 푸르다.

또 놀라고 말았다.

11

산골 마을의 어스름을 틈타 하염없이 걷는다. 간카이지의 돌계단을 오르며 이런 시구를 얻었다.

하늘을 보며 헤아리니 봄별이 하나 둘 셋

仰数春星一二三（앙수춘성일이삼）

나는 딱히 스님을 만날 일도 없다. 만나서 잡담을 나눌 마음도 없다. 우연히 숙소를 나와 발길 향하는 대로 어슬렁어슬렁 걷다 보니 어느새 이 돌계단 아래까지 왔다. 불허훈주입산문(不許葷

酒入山門)*이라고 새겨진 돌을 쓰다듬으며 잠시 서 있었는데, 갑자기 기분이 좋아져 오르기 시작한 것이다.

《트리스트럼 섄디》**라는 책에, 이 책만큼 신의 뜻으로 이루어진 글쓰기는 없다고 쓰여 있다. 맨 첫 구절은 어떻게든 자신의 힘으로 쓴다. 그 뒤로는 오로지 신을 생각하며 붓 가는 대로 맡긴다. 무엇을 쓸지 자신은 물론 알 수 없다. 쓰는 사람은 자신이지만, 쓰는 것은 신의 일이다. 따라서 저자에게는 책임이 없다고 한다. 나의 산책도 이 방법을 이어받은 무책임의 산책이다. 다만 신을 믿지 않는 만큼 더한층 무책임하다. 스턴은 자신의 책임을 벗어나는 동시에 그것을 하늘의 신에게 넘겨주었다. 받아줄 신이 없는 나는 결국 그것을 진흙 도랑 속에 던져버렸다.

돌계단을 오를 때도 힘들여 오르지 않는다. 힘들여 오를 정도면 바로 되돌아간다. 한 계단 올라가 멈춰 서면 왠지 모르게 유쾌하다. 그래서 두 계단을 올라간다. 두 계단째에 시를 짓고 싶어진다. 가만히 내 그림자를 본다. 각진 돌에 가로막혀 세 번째 계단에서 잘려져 있는 모습이 묘하다. 묘하니까 또 올라간다. 고

---

* 고기나 술, 향이 강한 채소를 먹은 자는 수행에 맞지 않으니 출입을 금한다는 뜻이다.

** 영국 소설가 로렌스 스턴의 소설 《신사 트리스트럼 섄디의 생애와 의견(The Life and Opinions of Tristram Shandy, Gentleman)》. 종래의 소설과는 달리 줄거리도 주인공도 없이 자유롭게 쓴 소설이다.

개를 들어 하늘을 바라본다. 잠이 덜 깬 하늘 속에서 작은 별이 끊임없이 반짝인다. 시구가 되겠다는 생각에 또 올라간다. 그렇게, 나는 마침내 끝까지 다 올라갔다.

돌계단 위에서 생각한다. 옛날에 가마쿠라에 놀러 가서, 소위 고잔(五山)*이라고 하는 곳을 하나하나 찾아다녔을 때였다. 아마도 엔가쿠지 절의 탑두(塔頭)**였던 것 같은데, 역시나 이런 식으로 돌계단을 설렁설렁 올라가니, 문 안에서 민머리의 노란색 법의를 입은 스님이 나왔다. 나는 올라가고, 스님은 내려간다. 스쳐 지나갈 때, 스님이 날카로운 목소리로, 어디 가시냐고 물었다. 나는 그냥 경내를 구경하러 왔다고 답하는 동시에 발걸음을 멈추니, 스님은 곧바로, 아무것도 없습니다, 하고 내뱉듯이 말하고는 성큼성큼 내려갔다. 너무도 솔직담백해 나는 약간 선수를 뺏긴 듯한 기분으로 계단 위에 서서 스님을 지켜보는데, 스님은 그 민머리를 흔들흔들하며 마침내 삼나무 사이로 모습을 감추었다. 그러는 동안 한 번도 뒤를 돌아보지 않았다. 과연 선승은 재미있다. 팔팔하시구나, 생각하며 느릿느릿 산문으로 들어가보니, 넓은 요사채***도 본당도 휑하니 사람 그림자 하나 없

* 가마쿠라 시내에 있는 임제종 사찰 5곳을 가리키는 말.
** 선종 사찰 내의 작은 선원으로, 고승의 사후 제자들이 그 덕을 기려 마련한 건물.
*** 절에서 승려들이 거주하는 곳.

다. 나는 그때 진심으로 기뻤다. 세상에 이렇게 솔직담백한 사람이 있고, 이렇게 솔직담백하게 사람을 대해주었구나 생각하니 왠지 기분이 상쾌했다. 선(禪)을 깨우쳤기 때문이 아니다. 나는 아직 선의 'ㅅ'자도 모른다. 그저 그 민머리 스님의 태도가 마음에 들었던 것이다.

세상은 집요하고 독살스럽고 좀스럽고 거기다가 뻔뻔하고 밉살스러운 놈으로 가득하다. 애초에 뭘 하러 세상에 얼굴을 들이밀고 있는지 알 수 없는 놈조차 있다. 게다가 그런 얼굴은 하나같이 크다. 속세의 바람을 맞는 면적이 넓다는 것이 큰 명예인 것처럼 생각한다. 5년이고 10년이고 남의 엉덩이에 탐정을 붙여놓고, 남이 뀌는 방귀 수를 헤아리며, 그것이 인간 세상이라고 생각한다. 그리고 남 앞에 나와서, 넌 방귀를 몇 번 뀌었어, 몇 번 뀌었어 하며 부탁하지도 않은 것을 가르쳐준다. 앞에 나와서 하는 말이면 그것도 참고하지 못할 것도 없지만, 뒤에서 넌 방귀를 몇 번 뀌었어, 몇 번 뀌었어 한다. 시끄럽다고 하면 더 한다. 그만하라고 하면 또 한다. 알겠다고 해도, 방귀를 몇 번 뀌었어, 몇 번 뀌었어 한다. 그러면서 그것이 처세의 방침이라고 한다. 방침이야 사람마다 다 다르다. 다만 뀌었어, 뀌었어 하지 말고, 말없이 방침을 세우는 것이 좋다. 남에게 방해가 되는 방침은 삼가는 게 예의다. 방해하지 않고서는 방침이 서지 않는다고 말한다면, 나도 방귀 뀌는 것이 내 방침이라고 할 수밖에 없다. 그렇게 되면 일본도 운이 다한 것일 테다.

아름다운 봄밤에, 아무런 방침도 세우지 않고, 이렇게 걷고 있는 것은 참으로 고상하다. 흥이 나면 흥이 나는 것을 방침으로 한다. 흥이 가시면 흥이 가시는 것을 방침으로 한다. 시구를 얻으면, 얻은 데에서 방침이 선다. 얻지 못하면, 얻지 못하는 데에서 방침이 선다. 게다가 누구에게도 폐가 되지 않는다. 이것이 진정한 방침이다. 방귀 수를 헤아리는 것은 인신공격의 방침이고, 방귀를 뀌는 것은 정당방위의 방침이며, 이렇게 간카이지의 돌계단을 오르는 것은 수연방광(隨緣放曠)*의 방침이다.

"하늘을 보며 헤아리니 봄별이 하나 둘 셋"이라는 시구를 얻고 돌계단을 다 올랐을 때, 어렴풋이 빛나는 봄 바다가 오비처럼 보였다. 산문으로 들어간다. 시를 마무리 지을 마음이 사라졌다. 바로 그만두겠다는 방침을 세운다.

요사채로 통하는, 돌이 깔린 외길 오른쪽은 산철쭉 산울타리이고, 울타리 너머는 묘지일 것이다. 왼쪽은 본당이다. 지붕의 기와가 높은 곳에서 희미하게 반짝인다. 수만 개의 기와에 수만 개의 달이 떨어진 것 같구나, 하고 올려다본다. 어디선가 비둘기 울음소리가 자꾸만 들려온다. 용마루 밑에라도 살고 있는 모양

---

* 사물에 얽매이지 않고 마음 가는 대로 자유롭게 행동한다는 뜻으로 선종에서 쓰이는 말이다.

이다. 기분 탓인지, 차양 주변에 하얀 것이 드문드문 보인다. 똥일지도 모른다.

빗물이 떨어지는 곳에 묘한 그림자가 한 줄로 나란히 서 있다. 나무로도 보이지 않고, 풀은 물론 아니다. 느낌으로 말하면, 이와사 마타베(岩佐又兵衛)*가 그린 염불하는 도깨비가 염불을 그만두고 춤을 추고 있는 모습이다. 본당 끝에서 끝까지 한 줄로 나란히 춤을 추고 있다. 또 그 그림자가 본당 끝에서 끝까지 한 줄로 나란히 춤을 추고 있다. 으스름달밤에 혹해, 징도, 당목** 도, 시주금 장부도 내던지고, 서로 불러내어 곧장 이 산사로 춤을 추러 온 것이리라.

가까이 가서 보니 커다란 선인장이다. 높이는 일고여덟 자쯤 되는데, 수세미외만 한 푸른 오이를 주걱처럼 납작 짓눌러, 손잡이 부분을 아래로 하고 그 위로 줄줄이 이어 붙인 것처럼 보인다. 그 주걱이 몇 개나 이어져야 끝이 날지 모르겠다. 오늘 밤 안으로 차양을 뚫고 기와지붕 위까지 튀어나올 것 같다. 그 주걱이 생길 때에는, 어쩌면 느닷없이 어디선가 튀어나와 찰싹 달라붙을 게 분명하다. 오래된 주걱이 새로운 작은 주걱을 낳고, 그 작은 주걱이 긴 세월 동안 점점 커지는 것 같지는 않다. 주걱과 주

* 에도 초기의 화가.
** 절에서 종이나 징을 치는 나무 막대.

걱의 연속이 너무나 엉뚱하다. 이렇게 우스꽝스러운 나무는 많지 않을 것이다. 게다가 점잔을 떨고 있다. 부처가 무엇이냐는 물음에, 뜰 앞의 떡갈나무라고 대답한 승려가 있다는데, 만약 똑같은 질문을 받는다면, 나는 두말없이 달빛 아래 선인장이라고 대답할 것이다.

어릴 때, 조보지(晁補之)*라고 하는 사람의 기행문을 읽었는데, 지금도 외우고 있는 구절이 있다.

> 때는 9월, 하늘은 높고, 이슬은 맑고, 산은 공허하고, 달은 밝다. 고개를 들어 별을 바라보니 모두가 크게 빛나고, 마치 사람의 머리 위에 있는 것만 같다. 창문 사이로 대나무 수십 그루, 서로 스치며 애절한 울음을 그치지 않는다. 대나무 사이로 매화나무, 종려나무가 우거져, 귀신의 헝클어진 머리칼 같다. 우리 두세 명은 서로를 쳐다보고, 넋이 나가 잠을 이루지 못한다. 어둑한 새벽, 다 같이 떠난다.

이렇게 또 입속으로 되뇌어보며 나도 모르게 웃었다. 이 선인장도 때와 장소에 따라서는, 내 넋을 나가게 하여, 보자마자 나를 산에서 내쫓았을 것이다. 가시에 손을 대보니, 따끔따끔 손가

---

* 중국 송나라의 문장가.

락을 찌른다.

돌길을 끝까지 가서 왼쪽으로 꺾으니 요사채가 나온다. 요사채 앞에 커다란 목련나무가 있다. 거의 한 아름은 될 것 같다. 높이는 요사채의 지붕을 넘어선다. 올려다보니 머리 위는 나뭇가지다. 가지 위에 또 가지다. 그렇게 가지가 겹겹이 겹치다가, 그 위에 달이다. 보통은 가지가 저렇게 겹치면, 밑에서 하늘이 보이지 않는다. 꽃이 있으면 더더욱 보이지 않는다. 목련의 가지는 아무리 겹쳐도, 가지와 가지 사이가 환하게 벌어져 있다. 목련은 나무 아래 서 있는 사람의 눈을 어지럽힐 만큼 가느다란 가지를 부질없이 뻗지 않는다. 꽃마저 환하다. 이 아득한 아래서 올려다보아도 한 송이의 꽃은 또렷이 한 송이로 보인다. 그 한 송이가 어디까지 무리를 지어, 어디까지 꽃을 피우는지 알 수 없다. 그럼에도 불구하고, 한 송이는 끝내 한 송이이고, 한 송이 한 송이 사이로, 연푸른 하늘이 선명히 바라다보인다. 꽃의 색은 물론 순백이 아니다. 부질없이 하얀 것은 너무 차갑다. 한결같이 하얀 것은 일부러 사람의 눈을 빼앗는 기교가 보인다. 목련의 색은 그렇지 않다. 극도의 흰색을 일부러 피해, 따스함이 어린 연노랑으로, 그윽하게 자신을 낮추고 있다. 나는 돌길 위에 서서, 그 온순한 꽃이 겹겹이 어디까지고 하늘로 퍼져가는 모습을 올려다보며, 잠시 멍하니 있었다. 눈에 떨어지는 것은 꽃뿐이다. 잎은 한 장도 없다.

목련나무의
꽃으로만 가득한
하늘을 본다

이런 시를 얻었다. 어디선가 비둘기가 서로 다정하게 울고 있다.

요사채로 들어간다. 요사채는 문이 활짝 열려 있다. 도둑은 없는 나라로 보인다. 개는 처음부터 짖지 않는다.

"실례합니다."

하고 들어간다. 쥐 죽은 듯 대답이 없다.

"부탁 좀 합시다."

하고 안내를 청한다. 비둘기 소리가 구우구우 들려온다.

"안 계십니까?"

하고 큰 소리로 부른다.

"오오오오오오오."

멀리 저쪽에서 대답하는 사람이 있다. 남의 집을 방문했다가 이런 대답을 들은 적은 한 번도 없다. 이윽고 발소리가 복도에서 울리더니 등잔불 그림자가 장지문 너머로 비쳤다. 동자승이 불쑥 나타난다. 료넨이었다.

"스님은 계시냐?"

"계십니다. 무슨 일이십니까?"

"온천에 있는 화공이 왔다고 전해다오."

"화공이십니까? 그럼 들어오시지요."

"허락도 없이 괜찮을까?"

"괜찮겠지요."

나는 나막신을 벗고 들어간다.

"예의가 없는 화공이시네요."

"왜?"

"나막신을 잘 정돈하세요. 여기 좀 보시고요."

등잔불을 비춰준다. 검은 기둥 한가운데에, 바닥에서 다섯 자 쯤 되는 높이에 사등분으로 자른 반지(半紙)에 뭔가가 쓰여 있다.

"보세요. 읽으셨죠? 발밑을 보라고 쓰여 있잖아요."

"그렇군."

나는 내 나막신을 똑바로 정돈한다.

스님의 방은 복도를 직각으로 돌면 본당 옆에 있다. 장지문을 공손히 열고, 공손히 문지방 너머에 쪼그리고 앉은 료넨이 말한다.

"저기, 시호다 댁에서 화공이 오셨습니다."

무척이나 황송해하는 태도다. 나는 좀 우스워졌다.

"그러냐, 이리로 모셔라."

나는 료넨과 자리를 바꾼다. 방이 무척 좁다. 방 가운데에 이로리*가 있고, 쇠주전자가 소리를 내고 있다. 스님은 맞은편에서 책을 읽고 있었다.

"자, 이리로."

스님이 안경을 벗고 책을 옆으로 치운다.

"료넨. 료오오네에엔."

"예에에에에."

"방석을 내드려야지."

"예에에에에."

료넨이 멀리서 긴 대답을 한다.

"잘 오셨소. 많이 심심하지요?"

"달이 너무 좋길래 슬렁슬렁 걸어왔습니다."

"좋은 달이지" 하며 장지문을 연다.

징검돌 두 개, 소나무 한 그루 외에는 아무것도 없다. 평평한 뜰 너머는 바로 낭떠러지 같고, 눈 아래로 으스름달밤의 바다가 곧장 펼쳐진다. 갑자기 마음이 커진 것 같은 기분이다. 고기잡이배의 불빛이 여기저기 깜빡이는데, 저 멀리 끝에 있는 불빛은 하늘로 들어가 별이 되어버리려는 걸까.

"멋진 풍경이네요. 스님, 장지문을 닫고 있으면 아깝지 않습니

* 바닥을 사각으로 파고 난방용으로 불을 피우는 전통 난방 장치.

까?"

"그렇지. 하지만 밤마다 보니까."

"밤마다 봐도 좋습니다, 이런 풍경은. 저라면 잠도 안 자고 보고 있을 겁니다."

"하하하하. 하긴 자네는 화공이니까 나하고는 좀 다르겠군."

"스님이라도 아름답다고 생각하는 동안은 화공입니다."

"과연 그도 그렇겠군. 나도 달마 그림 정도는 그리지. 보시게, 여기 걸려 있는 이 족자는 선대(先代)가 그리신 건데 꽤 잘 그렸어."

정말로 달마 그림이 작은 도코노마에 걸려 있다. 하지만 그림으로는 아주 형편없는 것이다. 다만 속된 기운이 없다. 서투름을 감추려고 애쓴 곳이 하나도 없다. 천진한 그림이다. 이 선대도 이 그림처럼 얽매이지 않는 사람이었을 것이다.

"천진한 그림이군요."

"우리가 그리는 그림은 그걸로 충분하지. 자신의 천성만 나타나 있으면……"

"능숙하고 속된 기운이 있는 것보다는 좋습니다."

"하하하하, 뭐 그렇게라도 칭찬을 받아두지. 그런데 요즘은 화가 중에도 박사가 있는가?"

"화가 박사는 없습니다."

"아, 그런가. 요전에, 박사인가 하는 사람을 하나 만났네."

"예에."

"박사라면 대단한 사람이겠지?"

"예. 대단하겠지요."

"화가 중에도 박사가 있을 법한데. 왜 없을까?"

"그렇게 말한다면 스님 중에도 박사가 있어야 하지 않겠습니까?"

"하하하하, 뭐 그렇게 되나. 뭐라 뭐라 하는 사람이었는데, 요전에 만난 사람은…… 어딘가 명함이 있을 텐데……"

"어디서 만나셨습니까? 도쿄입니까?"

"아니, 여기서. 도쿄는 20년이나 가보지 않았네. 요즘은 전차라는 게 생겼다는데, 좀 타보고 싶은 생각은 있어."

"시시합니다. 시끄럽기만 하고요."

"그런가. 촉나라의 개는 해를 보고 짖고, 오나라의 소는 달을 보고 헐떡인다고 하니*, 나 같은 촌사람은 오히려 쩔쩔맬지도 모르지."

"쩔쩔매지는 않을 겁니다. 시시하거든요."

"그런가."

* 산골이라 해가 잘 비치지 않는 촉나라의 개는 해를 보면 수상쩍게 여겨 짖고, 더위가 심한 오나라의 소는 달을 보면 해가 떠서 또 일해야 하는 줄 알고 숨을 헐떡인다는 말이다. 식견이 없고 경험이 없는 자가 새로운 것을 보고 두려워하고 낭패를 본다는 뜻이다.

쇠주전자의 주둥이에서 연기가 펄펄 나온다. 스님은 찬장에서 다기를 꺼내 차를 따라준다.

"엽차 한 잔 드시게. 시호다의 주인장이 내주는 맛있는 차는 아니네."

"아니요, 괜찮습니다."

"자네는 그렇게 여기저기 돌아다니는 것 같아 보이는데 역시 그림을 그리기 위해서인가?"

"예. 그림 도구는 갖고는 다니는데, 그림은 안 그려도 상관없습니다."

"허어, 그럼 반쯤은 놀러 다니는 건가?"

"그렇지요. 그렇게 말해도 좋겠지요. 누가 제 방귀 수를 세는 게 싫으니까요."

대단한 선승도 이 말만큼은 이해하지 못한 것 같다.

"방귀 수를 세다니, 무슨 말인가?"

"도쿄에 오래 있으면 누가 제 방귀 뀌는 숫자를 세거든요."

"왜?"

"하하하하하, 세기만 하면 괜찮겠지만요. 남의 방귀를 분석해서 똥구멍이 삼각이니 사각이니 하며 쓸데없는 짓을 하거든요."

"아아, 역시 위생 쪽인가?"

"위생이 아닙니다. 탐정 쪽입니다."

"탐정? 그렇군. 그럼 경찰인가? 대체 경찰이니 순사니 하는 게 무슨 도움이 되는 건지. 없으면 안 되는 걸까?"

"맞습니다. 화공한테는 필요 없습니다."

"나도 필요 없네. 나는 아직 순사 신세를 진 적은 없어."

"그렇겠죠."

"하지만 아무리 경찰이 방귀 수를 센다 해도 상관없지 않나. 시치미 떼고 있으면 되지. 자기한테 나쁜 일만 없으면 아무리 경찰이라도 어떻게 하진 않겠지."

"방귀 정도로 무슨 일을 당한다면 못 참지요."

"내가 동자승일 때 선대가 자주 말씀하셨지. 인간은 니혼바시 다리 한복판에서 오장육부를 다 드러내고도 부끄럽지 않아야 수행을 쌓았다고 말할 수 있는 거라고. 자네도 그 정도까지 수행을 하면 좋겠지. 여행 같은 건 안 해도 해결이 되네."

"진정한 화공이 된다면 언제든 그렇게 될 수 있습니다."

"그럼 진정한 화공이 되면 되겠지."

"누가 제 방귀 수를 세고 있으면 될 수가 없지요."

"하하하하. 그럴 줄 알았네. 자네가 묵고 있는 시호다 댁 나미 씨도 남편과 헤어져 돌아온 뒤로 온갖 것에 신경이 쓰여 못 견디겠다고 하더니, 결국 나한테 불법을 들으러 왔다네. 그런데 요즘 꽤 좋아져서, 거 보시게, 그렇게 사리 분별할 줄 아는 여자가 됐지 않은가."

"예에, 아무래도 보통 여자는 아니라고 생각했습니다."

"아아, 정곡을 예리하게 찌르는 여자지. 나한테 수행하러 왔던 다이안이라는 젊은 승려도 그 여자 때문에 뜻밖의 일을 겪고, 큰 깨달음을 얻게 되었네. 머지않아 큰스님이 될 걸세."

고요한 뜰에 소나무 그림자가 떨어지고, 아득한 바다는 하늘의 빛에 답하는 듯 아닌 듯 모호한 모습으로 희미한 빛을 발한다. 고기잡이배의 불빛이 깜빡깜빡한다.

"저 소나무 그림자를 보게."

"아름답네요."

"아름답기만 한가?"

"예."

"아름다운 데다가 바람이 불어도 걱정하지 않는다네."

찻잔에 남아 있는 떫은 차를 다 비우고, 찻잔을 접시에 엎어놓고 일어선다.

"문까지 바래다주겠네. 료오오네에엔. 손님 가신다."

배웅을 받으며 요사채를 나오니, 비둘기가 구우구우 하고 운다.

"비둘기만큼 귀여운 게 없어. 내가 손뼉을 치면 다들 날아오지. 불러볼까?"

달은 더한층 밝다. 쥐 죽은 듯 고요히, 목련은 뭉게구름 같은 꽃송이를 하늘 위로 떠받치고 있다. 구름 한 점 없이 맑은 봄밤의 한복판에서 스님이 짝 하고 손뼉을 친다. 소리는 바람 속에 죽어 한 마리의 비둘기도 내려오지 않는다.

"안 내려오는군. 내려올 것 같은데."

료넨이 내 얼굴을 보며 살짝 웃었다. 스님은 비둘기 눈이 밤에도 잘 보인다고 생각하는 모양이다. 태평하구나.

산문에서 나는 두 사람과 헤어진다. 뒤돌아보니, 크고 둥그런 그림자와 작고 동그란 그림자가 돌길 위에 떨어져 내려, 앞서거니 뒤서거니 하며 요사채 쪽으로 사라져간다.

12

그리스도가 최고로 예술가의 태도를 갖춘 사람이었다고 한 것은 오스카 와일드의 말로 기억하고 있다. 그리스도는 모르겠다. 간카이지의 스님 같은 사람이야말로 그런 자격을 가졌다고 생각한다. 미적 감각이 있다는 의미가 아니다. 시류에 정통하다는 말도 아니다. 그는 그림이라는 이름을 거의 붙일 수도 없는 달마 족자를 걸어두고 잘 그렸다느니 하며 흐뭇해한다. 그는 화공 중에 박사가 있는 것으로 알고 있다. 그는 비둘기가 밤에도 잘 볼 수 있다고 생각한다. 그럼에도 불구하고 나는 그가 예술가의 자격이 있다고 말하는 것이다. 그의 마음은 밑바닥이 없는 주머니처럼 뚫려 있다. 무엇에도 머무르지 않는다. 여기저기 다니고, 마음대로 행하며, 아주 작은 티끌조차 뱃속에 가라앉힐 기미가 없다. 만약 그의 머릿속에 아주 약간의 미적 감각이 더해진다면, 그는 자신이 가는 곳과 동화되어, 뒷간에서 볼일을 볼 때조차도 완전한 예술가로 존재할 수 있을 것이다. 나 같은 사람은 탐정이 내 방귀 수를 헤아리는 동안은 도저히 화가가 될 수 없다. 이젤을 마주할 수는 있다. 팔레트를 쥘 수는 있다. 하지만 화가가 될 수는 없다. 이렇게 이름도 모르는 산골 마을에 와서, 저물어가는 봄 풍경 속에 다섯 자 야윈 몸을 파묻고서야 비로소 진정한 예술가로서의 태도로 열중할 수 있는 것이다. 일단 이 경계에 들어오면 아름다움의 세상은 내 것이 된다. 비단을 채색하지 않아도, 캔버스를 칠하지 않아도, 나는 제일류의 대화공이다. 솜씨로는 미켈란젤로에 미치지 못하고, 기교는 라파엘로에게 양보할지라도, 예술가로서의 인격에서는 고금의 대가와 발걸음을 함께하며 조금도 부족함을 찾을 수 없을 것이다. 나는 이 온천장에 온 후로 아직 한 장의 그림도 그리지 않았다. 물감상자는 취흥에 메고 왔나 싶은 느낌마저 든다. 저래도 화가인가 하고 남들이 비웃을지도 모른다. 아무리 비웃음을 산다 해도 지금의 나는 진정한 화가다. 훌륭한 화가다. 이런 경지에 이른 사람이라고 해서 명화를 그린다고는 할 수 없다. 하지만 명화를 그릴 수 있는 사람은 반드시 이 경지를 알아야만 한다.

아침 식사를 끝내고 담배 한 대를 느긋하게 피우면서 내가 생각한 것이 그것이다. 해는 안개를 떠나 높이 오르고 있다. 장지문을 열고 뒷산을 바라보니, 푸른 나무가 아주 맑게 비쳐 여느 때와 달리 선명하게 보였다.

나는 평소 공기와 물상과 채색의 관계가 우주에서 가장 흥미로운 연구 중 하나라고 생각한다. 색깔을 주로 하여 공기를 표현할까, 사물을 주로 하여 공기를 그릴까. 아니면 공기를 주로 하여 그 속에 색깔과 사물을 짜 넣을까. 그림은 약간의 기분 하나로도 여러 가지 표현이 나온다. 이 표현은 화가 자신의 기호에 따라 달라진다. 그건 당연하겠지만, 때와 장소에 따라 저절로 제한되는 것 또한 당연하다. 영국인이 그린 산수 중에 밝은 것은 하나도 없다. 밝은 그림을 싫어하는지도 모르겠지만, 좋아한다 해도, 그 공기로는 어떻게 할 수가 없다. 같은 영국인이라도 구달* 같은 사람은 색의 표현이 전혀 다르다. 다른 게 당연하다. 그는 영국인이지만, 일찍이 영국의 풍경을 그린 적이 없다. 그의 그림 소재는 그의 고향에는 없다. 그의 본국에 비하면 공기가 훨씬 투명한 이집트나 페르시아 주변의 풍경만을 골랐다. 그래서 그가 그린 그림을 처음 보면 누구나 놀란다. 영국인 중에도 이런 밝은색을 표현하는 사람이 있나 하고 의심이 들 만큼 선명하게 그려져 있다.

개인의 기호는 어찌할 수 없다. 하지만 일본의 산수를 그릴 생

* 프레더릭 구달. 영국 빅토리아 시대의 화가로 풍경화, 초상화를 주로 그렸다.

각이라면, 우리도 일본 고유의 공기와 색을 내야 한다. 아무리 프랑스 그림이 멋있다고 해도 그 색을 그대로 베껴서 이것이 일본의 풍경이라고 할 수는 없다. 역시 눈앞에 펼쳐진 자연을 접하고, 아침저녁으로 구름과 안개의 모양을 연구한 끝에, 저 색이구나 하고 생각했을 때, 곧장 삼각대를 메고 뛰쳐나가야 한다. 색은 찰나에 변한다. 한 번 기회를 잃으면 똑같은 색은 쉽게 눈에 들어오지 않는다. 내가 지금 올려다본 산마루에는 이 주변에서는 좀처럼 볼 수 없는 좋은 색으로 가득하다. 모처럼 와서 그것을 놓친다는 것은 아까운 일이다. 조금 그려보자.

미닫이문을 열고 툇마루로 나가니, 건너편 이층 장지문에 몸을 기댄 채 나미 씨가 서 있다. 턱을 옷깃 속에 묻고 있어 옆얼굴밖에 보이지 않는다. 인사하려고 생각한 순간, 여자는 왼손을 늘어뜨린 채, 오른손을 바람처럼 움직였다. 번쩍 하는 것은 번개였을까, 두 번 세 번 꺾이며 가슴 언저리를 휘익 지나자마자 찰칵 소리가 나더니, 번쩍임은 금세 사라졌다. 여자의 왼손에는 단도의 나무 칼집이 들려 있다. 모습은 순식간에 장지문 그림자 속으로 숨었다. 나는 이른 아침부터 가부키자(歌舞伎座)*를 들여다본 기분으로 여관을 나선다.

문밖을 나가 왼쪽으로 꺾으면, 바로 가파른 산길로 이어지는

* 1889년 도쿄에서 개장한 가부키 극장.

오르막길이 된다. 휘파람새가 여기저기서 운다. 왼쪽은 완만한 골짜기로 이어지고, 귤나무가 한가득 심어져 있다. 오른쪽은 높지 않은 언덕이 두 개쯤 나란히 이어지고, 거기에도 귤나무만 있는 것 같다. 몇 년 전인가 이 지방에 한 번 온 적이 있다. 손가락을 꼽기도 귀찮다. 아마 추운 섣달 무렵이었을 것이다. 그때 귤나무 산에 귤나무가 빽빽이 우거진 풍경을 처음으로 보았다. 귤 따는 사람에게 가지 하나를 팔라고 하니, 몇 개라도 드리지요, 가져가세요, 하더니 나무 위에서 묘한 가락의 노래를 부르기 시작했다. 도쿄에서는 귤껍질이라도 약재상에 사러 가야 하는데, 하고 생각했다. 밤이 되자 잇달아 총소리가 난다. 뭐냐고 물으니, 사냥꾼이 오리를 잡는 거라고 가르쳐주었다. 그때는 나미 씨의 '나' 자도 모르고 지나갔다.

이 여자를 배우로 삼는다면, 훌륭한 온나가타*가 될 것이다. 보통의 배우는 무대에 나가면 격식에 맞춘 연기를 한다. 그 여자는 집 안에서도 늘 연극을 하고 있다. 게다가 연극을 하고 있다고도 생각하지 않는다. 자연스럽게 연극을 하고 있다. 그런 걸 미적 생활**이라고도 할 수 있을 것이다. 이 여자 덕분에 그림 수

* 가부키 무대에서 여성 역할을 맡는 남자 배우. 에도 시대의 가부키 무대에는 여자 배우가 설 수 없었다.
** 비평가 다카야마 조규가 제창한 생활 태도. 본능의 만족을 추구하는 것을 삶의 이상이라고 주장했다.

행이 많이 되었다.

이 여자의 행동을 연극으로 보지 않는다면, 으스스해서 하루도 견딜 수가 없다. 의리니 인정이니 하는 예사로운 도구를 배경으로 하여, 보통의 소설가 같은 관점에서 그 여자를 연구하면, 자극이 너무 강해 금방 질려버린다. 또한 현실 세계에서, 나와 이 여자 사이에 일종의, 깊이 얽힌 관계가 성립한다면, 나의 고통은 아마도 이루 말로 표현할 수 없을 것이다. 나의 이번 여행은 속세의 인정을 벗어나 어디까지나 완전한 화공이 되는 것이 목적이기에, 눈에 들어오는 것은 전부 그림으로 보지 않으면 안 된다. 노, 연극, 또는 시 속의 인물로서만 관찰해야 한다. 이런 각오의 안경을 쓰고 이 여자를 들여다보면, 이 여자는 지금까지 본 여자 중에서 가장 아름다운 행동을 한다. 스스로 아름다운 연기를 보여주겠다는 마음이 없는 만큼, 배우의 몸짓보다 더 아름답다.

이런 생각을 하는 나를 오해해서는 안 된다. 사회의 공민으로서 부적절하다고 평가한다면 더더욱 배려가 없는 것이다. 선은 행하기 어렵고, 덕은 베풀기 어렵고, 절조는 지키기 쉽지 않고, 의를 위해서 목숨을 버리는 것은 아깝다. 이런 것들을 굳이 한다는 것은 누구에게나 고통이다. 그 고통을 무릅쓰기 위해서는, 고통을 넘어설 만한 유쾌함이 어딘가에 숨어 있어야 한다. 그림이라는 것도, 시라는 것도, 또 연극이라는 것도, 그 비참함 속에 담긴 쾌감의 다른 이름일 뿐이다. 이 정취를 이해할 수 있어야만 비로소 우리의 행동은 장렬해지기도 하고, 우아해지기도 하며, 모든 괴로움을 이겨내고 가슴속 한 점 최상의 미감을 만족시키고 싶어진다. 육체의 고통을 안중에 두지 않고, 물질적인 불편을 개의치 않으며, 용맹정진하는 마음으로 사람의 도리를 위해 끓는 솥에 빠지는 형벌을 받는 것도 기쁘게 여긴다. 만약 인정이라는 좁은 기반 위에서 예술의 정의를 내릴 수 있다면, 예술이란, 우리들 교육 받은 자들의 가슴속에 숨어들어, 그릇된 것을 피하고 바른길을 택하고, 굽은 것을 물리치고 곧은 것의 편이 되며, 약한 자를 돕고 강한 자를 꺾지 않으면 도저히 참을 수 없다는 일념의 결정(結晶)으로서, 찬란히 빛을 반사하는 것이다.

남의 행동을 연극적이라며 비웃는 일이 있다. 자신의 아름다운 취미를 관철하기 위해 굳이 불필요한 희생을 하는 것이 인정에서 벗어났다고 비웃는 것이다. 아름다운 성격이 자연스럽게 발휘될 기회를 기다리지 않고, 억지로 자신의 취미관을 뽐내는 그런 어리석음을 비웃는 것이다. 진실로 사물의 깊은 이치를 이해할 수 있는 사람의 비웃음이라면 납득할 수 있다. 하지만 취미가 무엇인지도 이해하지 못하는 천한 자가 자신의 천한 마음과 비교하여 남을 경멸하는 것은 용서하기 어렵다. 예전에 '바위 위의 시'를 남기고 열다섯 자 높이의 폭포에서 급류 속으로 뛰어든

청년*이 있다. 내가 보기에, 그 청년은 '미(美)'라는 한 글자를 위하여, 버려서는 안 될 목숨을 버린 것이다. 죽음 그 자체는 참으로 장렬하다. 다만 그 죽음을 재촉하게 된 동기는 이해하기 힘들다. 하지만 죽음 그 자체의 장렬함조차도 이해하지 못하는 자가 어떻게 후지무라의 행동을 비웃을 수 있을까. 그들은 장렬한 최후를 맞이한다는 것의 정취를 음미할 수 없기 때문에, 설령 정당한 사정이 있다 해도 도저히 장렬한 최후를 맞을 수 없다는 한계가 있다는 점에서, 후지무라보다는 인격적으로 열등하기에, 그를 비웃을 권리가 없다고 나는 주장한다.

나는 화공이다. 화공인 만큼 취미 전문가이기에, 비록 인정의 세계로 타락해 있다고 해도, 동서양의 풍류를 모르는 사람보다는 고상하다. 사회의 일원으로서 충분히 다른 사람을 교육할 만한 지위에 서 있다. 시가 없는 자, 그림이 없는 자, 예술적 소양이 없는 자보다는 아름다운 행동을 할 수 있다. 인정의 세계에서 아름다운 행동은 바른 것, 옳은 것, 곧은 것이다. 정(正)과 의(義)와 직(直)을 행위로 보여주는 것은 세상 공민의 규범이다.

---

* 1903년, 당시 제1고등학교의 소세키의 제자였던 후지무라 미사오는 닛코의 게곤 폭포에서 투신자살했다. 자살 직전 폭포 옆 나무에 '바위 위의 시'를 남겼다. 천지의 실상은 끝내 밝힐 수 없다는 고뇌와 죽음의 결심이 담긴 내용이다. 후지무라의 죽음은 그 당시 학생들과 지식인들 사이에 큰 파문을 일으켰다.

잠시 인정의 세계를 벗어난 나는 적어도 이 여행 동안은 인정의 세계로 돌아갈 필요는 없다. 그렇게 되면 모처럼의 여행이 헛된 것이 되고 만다. 인정의 세계에서 묻은 버석거리는 모래를 떨어내고, 바닥에 남는 아름다운 금(金)만을 바라보며 지내야 한다. 나 스스로도 사회의 일원으로 행동하고 있지는 않다. 순수한 전문 화가로서, 나 자신조차, 얽히고설킨 이해(利害)의 속박을 끊고 유유히 캔버스 안을 돌아다니고 있는 것이다. 하물며 산이니 물이니 타인이니 하는 것은 말할 것도 없다. 나미 씨의 행위와 몸짓이라 해도, 그저 있는 그대로의 모습으로 바라볼 수밖에 달리 방법이 없다.

세 정쯤 올라가니 맞은편에 흰 벽의 집 한 채가 보인다. 귤나무 속의 집이구나 하고 생각한다. 길은 곧 두 갈래로 갈라진다. 흰 벽을 곁눈으로 보며 왼쪽으로 꺾을 때 뒤를 돌아보니, 붉은 치마를 두른 아가씨가 밑에서 올라온다. 치마가 끝이 나면서, 그 밑으로 갈색 정강이가 나타난다. 정강이가 끝이 나자 짚신이 되고, 그 짚신이 점점 움직이며 다가온다. 머리 위로 산벚꽃이 떨어져 내린다. 등에는 반짝이는 바다를 업고 있다.

가파른 산길을 끝까지 오르니, 산부리의 평평한 곳이 나왔다. 북쪽은 초록을 겹겹이 쌓은 봄의 봉우리로, 오늘 아침 툇마루에서 올려다본 곳인지도 모른다. 남쪽에는 불타버린 들판과도 같은 땅이 반 정쯤 되는 폭으로 펼쳐져 있고, 그 끝은 무너져 내린 절벽이다. 절벽 아래는 방금 지나온 귤나무 산이고, 마을 너머 건너편을 보니 눈에 들어오는 것은 말할 것도 없이 푸른 바다다.

길이 몇 갈래나 있는데, 만났다가 갈라지고, 갈라졌다가 만나기에, 어느 것이 본래의 줄기인지 알 수 없다. 어느 길도 길이면서, 또한 어느 길도 길이 아니다. 풀 속에 검붉은 땅이 보였다 숨었다 하며, 어느 줄기로 이어질지 짐작이 가지 않는 곳에 변화가 있어 재미있다.

어디에 앉아볼까 하고 풀 속을 이리저리 돌아다닌다. 툇마루에서 보았을 때는 그림이 되겠다고 생각한 풍경도 막상 와보니 의외로 산만하다. 색도 점점 변해간다. 들판을 헤매는 동안, 어느샌가 그릴 마음이 사라졌다. 그리지 않을 거라면 위치는 상관없다. 어디든 앉는 곳이 내가 머무는 곳이다. 스며든 봄볕이 풀뿌리 깊숙이 깃들어 있어, 털썩 하고 앉으니, 눈에 보이지 않는 아지랑이를 짓밟아버린 듯한 기분이 든다.

바다는 발밑에서 반짝인다. 가로막는 구름 한 점 없는 봄 햇살은 물 위를 구석구석 비춰, 어느새 온기가 파도 아래까지 스며들었구나 싶을 만큼 따스해 보인다. 감청색을 매끄럽게 붓질해놓은 곳곳에 은빛의 작은 비늘이 겹쳐져 촘촘히 움직이고 있다. 봄의 해가 한없는 천하를 비추고, 천하가 한없는 물을 채우는 동안, 하얀 돛은 새끼손가락의 손톱만 하게 보일 뿐이다. 게다가 그 돛은 조금도 움직이지 않는다. 먼 옛날 물건을 실은 조선의 배가 멀리서 건너올 때 저렇게 보였으리라. 그것 외에는 대천세계(大千世界)를 끝없이 비추는 해의 세상, 반짝이는 바다의 세상뿐이다.

벌렁 눕는다. 모자가 이마에서 미끄러져 훌렁 뒤로 넘어간다. 여기저기 풀 위로 한두 자쯤 솟은 작은 명자나무가 우거져 있다. 내 얼굴이 바로 그 나무 하나 앞에 떨어졌다. 명자는 재미있는 꽃이다. 가지는 완고하여 절대 구부러지는 일이 없다. 그렇다고 쭉 곧은가 하면 꼭 그렇지도 않다. 그저 곧고 짧은 가지에, 곧고 짧은 가지가 일정 각도로 맞부딪히며 비스듬히 모양을 잡으면서 전체를 이루고 있다. 거기에 주홍인지 흰색인지 알 수 없는 꽃이 한가로이 피어난다. 부드러운 잎사귀도 팔랑팔랑 달려 있다. 평가하자면, 명자꽃은 꽃 중에서 어리석으면서도 깨달음을 얻은 꽃일 것이다. 세상에는 서투름을 지킨다*고 말하는 사람이 있다. 그런 사람이 다음 세상에 다시 태어난다면 반드시 명자나무가 되리라. 나도 명자나무가 되고 싶다.

어릴 때, 꽃이 피고 잎이 달린 명자 가지를 꺾어, 재미있는 모양으로 만들어 붓걸이로 삼은 적이 있다. 거기에 2전 5리짜리 붓을 걸어두고, 하얀 붓끝이 꽃과 잎 사이로 보였다 숨었다 하는

---

* 소세키가 지향한 삶의 방식 중 하나로 평소에 즐겨 쓰던 말이다. 세상에 아첨하며 눈앞의 이익을 탐하는 마음을 천하게 여기며, 서투르더라도 우직하게 살아가는 삶의 자세를 말한다.

것을 책상 위에 올려놓고 즐겼다. 그날은 명자 가지 붓걸이에만 마음을 쓰며 잠이 들었다. 이튿날 눈을 뜨자마자 벌떡 일어나 책상 앞에 가보니, 꽃은 시들고 잎은 말라, 하얀 붓끝만이 처음처럼 반짝이고 있다. 그리도 예쁜 것이 어찌하여 이렇게 하룻밤 사이에 시들어버리는 걸까, 하고 그때는 믿기지 않는 마음에 견딜 수가 없었다. 지금 생각하면 그 무렵의 나는 꽤 속세를 벗어나 있었다.

눕자마자 눈에 들어온 명자나무는 20년 된 옛 친구다. 바라보고 있으니 점점 정신이 아득해지며 기분이 좋아진다. 또 시흥이 떠오른다.

누워서 생각한다. 시구 하나를 얻을 때마다 사생첩에 써내려간다. 조금 있으니 완성된 것 같다. 처음부터 다시 읽어본다.

문을 나서니 생각이 많은데
봄바람이 내 옷에 불어온다
향기로운 풀은 수레바퀴 자국 속에 자라고
인적이 끊긴 길은 봄 안개 속에 희미하네
대 지팡이 멈추고 가만히 바라보니
만물이 맑은 빛을 띠고 있구나
매끄러운 꾀꼬리 소리를 들으며
어지러이 떨어지는 꽃잎을 바라본다

저 멀리 거친 들판을 지나
옛 절 문에 시를 쓴다
고독한 근심은 구름 끝까지 오르고
넓은 하늘 가로질러 기러기 돌아가네
이 마음은 어찌 이리 고요하여
옳고 그름을 어렴풋이 잊어버리는가
서른 살의 나는 늙어가려 하는데
봄의 빛은 변함없이 부드럽구나
이리저리 거닐며 만물의 변화를 따르고
느긋하게 은은한 향기를 마주하네

出門多所思　春風吹吾衣（출문다소사 춘풍취오의）
芳草生車轍　廃道入霞微（방초생거철 폐도입하미）
停笻而矚目　万象帯晴暉（정공이촉목 만상대청휘）
聴黄鳥宛転　観落英紛霏（청황조완전 관락영분비）
行尽平蕪遠　題詩古寺扉（행진평무원 제시고사비）
孤愁高雲際　大空断鴻帰（고수고운제 대공단홍귀）
寸心何窈窕　縹緲忘是非（촌심하요조 표묘망시비）
三十我欲老　韶光猶依々（삼십아욕로 소광유의의）
逍遥随物化　悠然対芬菲（소요수물화 유연대분비）

아아, 됐다, 됐어. 이걸로 됐다. 누워서 명자나무를 보며 세상을 잊은 느낌이 잘 나왔다. 명자나무가 나오지 않아도, 바다가 나오지 않아도, 느낌만 나오면 그걸로 됐다. 그렇게 웅얼거리며 기뻐하고 있는데, 으흠 하고 사람의 헛기침 소리가 들렸다. 나는 깜짝 놀랐다.

몸을 돌려 소리가 난 쪽을 보니, 산부리를 돌아 잡목 사이로 남자 하나가 나타났다.

갈색 중절모를 쓰고 있다. 중절모는 찌그러져, 비스듬한 모자챙 밑으로 눈이 보인다. 눈 모양은 모르겠지만 분명 두리번거리고 있는 것 같다. 남색 줄무늬 옷의 뒷자락을 걷어 올리고, 맨발에 나막신을 신은 차림새로는 뭔지 판단이 서지 않는다. 덥수룩한 수염으로만 판단하면 그야말로 산적이나 다름없다.

남자는 비탈길을 내려가나 싶더니 뜻밖에 모퉁이에서 되돌아왔다. 원래 왔던 길로 모습을 감추나 했는데 그것도 아니었다. 다시 걸어온다. 이 풀밭을 산책하는 사람 말고는 저렇게 왔다 갔다 하는 사람은 없을 것이다. 하지만 저것이 산책하는 모습일까. 또 저런 남자가 이 근처에 살고 있다고도 생각할 수 없다. 남자는 이따금 멈춰 선다. 고개를 갸웃거린다. 또는 사방을 둘러본다. 깊이 생각에 빠진 것 같기도 하다. 사람을 기다리는 것 같기도 하다. 뭔지 알 수가 없다.

나는 이 불안한 남자에게서 끝내 눈을 뗄 수 없었다. 딱히 무섭지도 않고, 또 그림으로 그리려는 마음도 생기지 않는다. 단지 눈을 뗄 수가 없었다. 오른쪽에서 왼쪽, 왼쪽에서 오른쪽으로 남자를 쫓아 눈을 움직이고 있는데, 남자가 우뚝 멈춰 섰다. 멈춰서는 동시에 또 다른 한 인물이 내 시야에 들어왔다.

두 사람은 서로를 알아본 듯, 서서히 서로에게 다가간다. 내 시야는 점점 좁아지다가, 들판 한가운데의 작은 한 점에서 겹친다. 두 사람은 봄의 산을 등에 지고, 봄의 바다를 앞에 두고, 똑바로 마주 섰다.

남자는 물론 그 산적이다. 상대방은? 상대방은 여자다. 나미 씨다.

나는 나미 씨의 모습을 보았을 때, 곧바로 오늘 아침의 단도를 떠올렸다. 혹시나 품속에 지니고 있는 건 아닐까 생각하니, 아무리 비인정인 나도 가슴이 철렁했다.

남녀는 서로 마주한 채, 잠시 같은 자세로 서 있다. 움직일 기미는 보이지 않는다. 입은 움직이고 있는지도 모르지만, 말은 전혀 들리지 않는다. 남자가 드디어 고개를 떨군다. 여자는 산 쪽을 바라본다. 얼굴은 내 눈에 들어오지 않는다.

산에서는 휘파람새가 운다. 여자는 휘파람새에 귀를 기울이고 있는 것 같기도 하다. 잠시 후, 남자는 떨군 고개를 들고 반쯤 발길을 돌린다. 심상치 않다. 여자는 휙 몸을 돌려 바다 쪽을 향한다. 오비 사이로 머리를 내밀고 있는 것은 단도인 것 같다. 남자는 자신만만하다는 듯이 걷기 시작한다. 여자는 두 걸음쯤 남자의 발길을 따라 걷는다. 여자는 조리를 신고 있다. 남자가 멈춰 선 것은 여자가 불러서였을까. 뒤돌아보는 순간, 여자의 오른손이 오비 속으로 들어갔다. 위험하다!

스르륵 빠져나온 것은, 단도인가 싶었는데, 뜻밖에도 지갑처럼 보이는 주머니다. 내미는 하얀 손 밑으로 기다란 끈이 하늘하늘 봄바람에 흔들린다.

한쪽 발을 앞으로 내밀고, 상체를 살짝 뒤로 젖히며 내민 하얀 손목에, 보라색 주머니. 그 자세만으로도 충분히 그림이 될 것이다.

보라색에서 살짝 끊어졌던 도면이, 두세 치*의 간격을 두고, 뒤돌아보는 남자의 몸짓으로, 알맞게 배치되어 이어지고 있다. 부즉불리(不即不離)**란 이런 순간의 모습을 형용하는 말일 것이다. 여자는 앞에서 끄는 몸짓이고, 남자는 뒤가 끌리는 모습이다. 그런데 그것은 실제로 끌지도 끌리지도 않는 것이다. 두 사람의 인연은 보라색 지갑이 끝나는 데에서, 툭 끊어져 있다.

두 사람의 자세가 그렇게 미묘한 조화를 유지하고 있는 동시에, 두 사람의 얼굴과 옷은 한없이 대조적이기에, 그림으로 보면

---

* 길이의 단위. 한 치는 약 3센티미터.
** 둘 사이가 붙지도 떨어지지도 않는 관계.

더한층 흥미롭다.

땅딸막한 몸에 피부가 검고 수염이 덥수룩한 얼굴과, 또렷한 이목구비의 갸름한 얼굴에 긴 목덜미와 나긋이 처진 어깨의 가냘픈 자태. 무뚝뚝하게 몸을 돌린 나막신의 산적과, 늘 입는 거친 비단옷조차 나긋하게 차려입고 상체를 다소곳이 뒤로 젖힌 가녀린 자태. 빛바랜 갈색 모자에 남색 줄무늬 옷의 뒷자락을 걷어 올린 차림과, 아지랑이마저 태울 듯한 빗질한 귀밑머리 색에, 검정 공단의 반짝임 속에 얼핏 비친 오비의 요염함. 이 모든 것이 좋은 그림 소재다.

남자는 손을 내밀어 지갑을 받아든다. 끌고 끌리며 용케 균형을 지키고 있던 두 사람의 위치는 순식간에 무너진다. 여자는 더 이상 끌지 않고, 남자는 끌리려고 하지 않는다. 심적 상태가 그림을 구성하는 데에 이토록 영향을 주리라고는 화가이면서도 지금까지 알지 못했다.

두 사람은 좌우로 갈라진다. 서로에게 마음이 없기 때문에, 이제 그림으로서는 지리멸렬하다. 잡목림 입구에서 남자는 한 번 뒤를 돌아보았다. 여자는 뒤도 돌아보지 않는다. 거침없이 이쪽으로 걸어온다. 마침내 내 바로 앞까지 다가와서,

"선생님, 선생님."

하고 두 번 불렀다. 어, 언제 본 거지?

"뭔가요?"

나는 명자나무 위로 얼굴을 내민다. 모자가 풀밭에 떨어졌다.

"그런 데서 뭘 하고 계세요?"

"시를 지으며 누워 있었습니다."

"거짓말 하시는군요. 방금 다 보셨지요?"

"방금? 방금 그거 말입니까? 아 예, 조금 봤습니다."

"호호호호, 조금이 아니라 많이 보셨으면 좋았을 텐데."

"실은 많이 봤습니다."

"그것 보세요. 어쨌든 잠시 이리로 나와 보시지요. 명자나무 안에서 나오시라고요."

나는 시키는 대로 명자나무 안에서 나간다.

"아직 명자나무 안에서 볼일이 있나요?"

"이제 없습니다. 돌아가려던 참입니다."

"그럼 같이 가실까요?"

"예."

나는 다시 시키는 대로 명자나무 안으로 들어가 모자를 쓰고 화구를 정리해, 나미 씨와 함께 걷기 시작한다.

"그림 그리셨어요?"

"그만뒀습니다."

"여기 오셔서 아직 한 장도 그리지 않으셨잖아요."

"예."

"그래도 모처럼 그리러 오셨는데 하나도 안 그리시면 보람이 없죠."

"아뇨, 보람이 있습니다."

"어머 그래요? 왜죠?"

"왜긴요, 충분히 보람이 있습니다. 그림 같은 건 그리나 안 그리나 결국 똑같은 겁니다."

"말장난하는 건가요? 호호호호. 꽤 태평하시군요."

"이런 곳에 온 이상 태평하게라도 있지 않으면 온 보람이 없지 않습니까?"

"아뇨, 어디에 있든 태평하지 않으면 살아 있는 보람이 없지요. 저 같은 사람은 조금 전 그런 모습을 남들이 본다 해도 부끄럽다고 생각하지도 않아요."

"그렇게 생각 안 해도 되죠."

"그런가요? 당신은 조금 전 그 남자가 대체 뭐 하는 사람이라고 생각하세요?"

"글쎄요. 아무래도 그렇게 부자는 아니겠죠."

"호호호, 잘 맞추셨네요. 대단한 점쟁이시군요. 그 남자는요, 가난해서 일본에 있을 수 없다면서 저한테 돈을 빌리러 온 거예요."

"아아, 어디서 왔습니까?"

"성아랫마을에서 왔어요."

"꽤 멀리서 왔군요. 그래서 어디로 가는 겁니까?"

"잘 모르지만 만주로 간다는군요."

"뭘 하러 가는 겁니까?"

"뭘 하러 가는 걸까요. 돈을 벌려고 가는지 죽으러 가는지, 모르겠네요."

그때 나는 눈을 들어 잠깐 여자의 얼굴을 보았다. 방금 다문 입가에는 희미한 웃음의 그림자가 사라져가고 있다. 의미는 알 수 없다.

"그 사람, 제 남편이에요."

대처할 틈도 없이 여자가 돌연 단칼로 내리쳤다. 나는 완전히 기습 공격을 당했다. 당연히 그런 걸 물어볼 마음도 없었고, 여자도 설마 그것까지 드러내리라고는 생각하지 않았다.

"어때요? 놀라셨죠?"

여자가 말한다.

"예, 좀 놀랐습니다."

"지금의 남편이 아닙니다. 연을 끊은 남편입니다."

"그렇군요. 그래서……"

"그뿐입니다."

"그렇습니까. 그런데 저기 귤나무 산에 흰 벽의 멋진 집이 있네요. 위치가 참 좋은데, 누구 집인가요?"

"저건 제 오라버니 집이에요. 돌아가는 길에 잠깐 들렀다 가시죠."

“볼일이라도 있습니까?”

“예. 좀 부탁받은 게 있습니다.”

“그럼 같이 갑시다.”

산길 어귀로 나가 마을로 내려가지 않고 바로 오른쪽으로 돌아 다시 한 정쯤 올라가니 문이 나온다. 문에서 현관으로 가지 않고 곧바로 돌아서 뜰 입구로 간다. 여자가 스스럼없이 성큼성큼 가니까 나도 스스럼없이 성큼성큼 간다. 남향의 뜰에 종려나무가 서너 그루 있고, 토담 아래는 곧바로 귤나무밭이다.

여자가 툇마루 끝에 앉아서 말한다.

“멋진 경치예요. 좀 보세요.”

“그렇군요, 정말 좋네요.”

장지문 안쪽은 조용하고 인기척도 없다. 여자는 사람을 부를 기색도 없다. 그저 앉아서 귤나무 밭을 내려다보며 태연히 있다. 나는 이상한 생각이 들었다. 애초에 무슨 볼일이 있는 걸까.

끝내 말이 없기에, 둘 다 말없이 귤나무밭을 내려다보고 있다. 오후로 다가가는 태양은 따스한 빛살을 정면으로 온 산에 뿌리고, 시야에 넘치는 귤나무는 이파리 뒤까지 빛을 받아 반짝이고 있다. 이윽고 뒤쪽 헛간에서 닭이 큰 소리를 내며 꼬끼오 하고 운다.

“어머, 벌써 정오네요. 볼일을 깜빡 잊었어요. 규이치, 규이치!”

여자는 엉거주춤한 자세로 닫혀 있던 장지문을 드르륵 연다. 안쪽은 텅 빈 다다미 열 장짜리의 방으로, 가노파(狩野派)* 족자 한 쌍이 공허하게 봄의 도코노마를 장식하고 있다.

"규이치!"

헛간 쪽에서 그제야 대답이 들린다. 발소리가 미닫이문 너머에서 멈추고, 문이 드르륵 열리자마자, 나무 칼집에 든 단도가 다다미 위로 굴러간다.

"큰아버지의 작별 선물이야."

오비 사이로 언제 손이 들어갔는지, 나는 전혀 몰랐다. 단도는 두세 번 공중제비를 돌더니 조용한 다다미 위에서 규이치의 발밑으로 달려간다. 칼집이 너무 헐거웠는지, 번쩍 하고 차가운 것이 한순간 반짝였다.

* 15세기의 화가 가노 마사노부를 시조로 하는 일본화의 유파.

13

나룻배로 규이치를 요시다의 정거장까지 배웅한다. 배 안에 앉아 있는 사람은 떠나는 규이치와, 떠나보내는 노인과, 나미 씨와, 나미 씨의 사촌오빠와, 짐을 들어주는 겐베, 그리고 나다. 나는 물론 동행인일 뿐이다.

동행이라도, 가자고 하면 간다. 무슨 의미인지 몰라도 간다. 비인정의 여행에 생각은 필요 없다. 배는 뗏목에 테두리만 갖다 붙인 것처럼 바닥이 평평하다. 노인을 중심으로 나와 나미 씨가 뱃고물에, 규이치와 사촌오빠가 뱃머리에 자리를 잡았다. 겐베는 짐과 함께 홀로 떨어져 있다.

"규이치, 넌 전쟁이 좋아, 싫어?

나미 씨가 묻는다.

"가보지 않으면 모르지. 괴로운 일도 있겠지만 유쾌한 일도 생기겠지."

전쟁을 모르는 규이치가 말한다.

"아무리 괴로워도 나라를 위한 거니까."

노인이 말한다.

"단도 같은 걸 받으니까 조금은 전쟁터에 나가보고 싶어지지 않아?"

여자가 또 묘한 질문을 한다.

"그렇지 뭐."

규이치는 가볍게 고개를 끄덕인다. 노인은 수염을 쓸어 올리며 웃는다. 오빠는 모르는 척한다.

"그렇게 태평해서 싸울 수나 있겠어?"

여자는 거리낌 없이 하얀 얼굴을 규이치 앞으로 들이민다. 규이치와 사촌형은 잠깐 눈을 마주쳤다.

"나미가 군인이 됐다면 아주 강했을 거야."

오빠가 여동생에게 건넨 첫마디가 이것이다. 말투로 짐작해보면 그저 농담 같지도 않다.

"내가? 내가 군인? 내가 군인이 될 수 있었다면 진작에 됐을 거야. 지금쯤은 죽었겠지. 규이치. 너도 죽는 게 나아. 살아서 돌아오면 세상은 나쁜 소리만 할 거야."

"그런 말도 안 되는 소리를. 그저 아무 일 없이 이기고 돌아오

너라. 죽는 것만이 나라를 위하는 건 아니다. 나도 아직 2, 3년은 더 살 거니까. 다시 만날 수 있어."

노인의 말끝을 길게 끌어당기면, 꼬리가 가늘어지면서 끝내는 눈물의 실이 된다. 다만 남자인 만큼 그렇게까지 속마음을 드러내지는 않는다. 규이치는 아무 말 없이, 고개를 돌리고 강기슭 쪽을 보았다.

강기슭에는 큰 버드나무가 있다. 그 밑에 작은 배를 매어 놓고 남자 하나가 낚싯줄을 지켜보고 있다. 우리를 태운 배가 천천히 물거품을 끌며 그 앞을 지나갈 때, 문득 고개를 든 그 남자가 규이치와 눈이 마주쳤다. 눈이 마주친 두 사람 사이에는 아무런 전기도 흐르지 않는다. 남자는 물고기만을 생각하고 있다. 규이치의 머릿속에는 붕어 한 마리조차 자리 잡을 여지가 없다. 우리를 태운 배는 조용히 강태공 앞을 지나간다.

니혼바시 다리를 지나가는 사람의 수가 1분에 몇백 명인지 모른다. 만약 다리 근처에 서서, 지나가는 사람의 마음에 응어리진 갈등을 하나하나 들을 수 있다면, 눈앞이 핑핑 돌아 세상을 살기 어려울 것이다. 그저 모르는 사람으로 만나고, 모르는 사람으로 헤어지기에, 니혼바시 다리에 서서 전차 깃발을 흔드는 일을 하는 사람도 있는 것이다. 규이치의 울 것 같은 얼굴에 강태공이 그 어떤 설명도 요구하지 않은 것은 다행한 일이다. 뒤돌아보니, 안심하고 낚시찌를 지켜보고 있다. 아마도 러일전쟁이 끝날 때까지 지켜볼 작정이리라.

강폭은 그다지 넓지 않다. 바닥은 얕다. 물살은 느릿하다. 뱃전에 기대어 물 위를 미끄러지며 어디까지 가는가. 봄이 다하여, 사람들이 북적이고 서로 만나고 싶어 하는 곳까지 가야만 한다. 비릿한 한 점의 피를 미간에 찍은 이 청년은, 우리 일행을 가차 없이 끌고 간다. 운명의 새끼줄이 이 청년을 멀고 어둡고 끔찍한 북쪽 나라까지 끌고 가기에, 이 청년과 어느 날, 어느 달, 어느 해의 운명으로 함께 얽매인 우리는, 그 운명이 다하는 곳까지 이 청년에게 끌려가야만 한다. 그 운명이 다하는 순간, 그와 우리 사이에 툭 소리가 나며, 그는 어찌할 도리 없이 혼자서 운명의 코앞까지 끌려간다. 남게 되는 우리도 어찌할 도리 없이 남아야만 한다. 애원해도, 몸부림쳐도, 데려가주지는 않는다.

배는 즐거울 정도로 평온하게 흘러간다. 양쪽 기슭에는 쇠뜨기라도 자라고 있을 것 같다. 둑 위에는 버드나무가 많이 보인다. 드문드문, 나지막한 집이 그 사이로 초가지붕을 내민다. 창문을 내민다. 이따금 하얀 집오리를 내민다. 집오리가 꽥꽥 울며 강 안쪽까지 나온다.

버드나무와 버드나무 사이로 선명히 빛나는 것은 복숭아나무인 것 같다. 철커덕 철컥 베 짜는 소리가 들린다. 철커덕 철컥 사이로 여자의 노랫소리가, 하아이 이요우, 하고 물 위까지 울린다. 뭘 노래하는지 전혀 알 수 없다.

"선생님, 저를 좀 그려주세요."

나미 씨가 부탁한다. 규이치는 사촌형과 내내 군대 이야기를 하고 있다. 노인은 어느새 꾸벅꾸벅 졸기 시작했다.

"그러지요."

사생첩을 꺼내,

봄바람에
절로 풀린 공단 오비
뭘 새겼을까

라고 써서 보여준다. 여자는 웃으며 말한다.

"이렇게 단숨에 쓴 걸로는 안 돼요. 좀 더 제 기질이 드러나게 공들여 그려주세요."

"저도 그리고 싶습니다. 그런데 당신의 얼굴은 그것만으로는 그림이 안 됩니다."

"말도 안 돼요. 그럼 어떻게 해야 그림이 되는 거죠?"

"아니, 지금이라도 그림은 됩니다. 다만 뭔가 좀 부족해요. 그게 나오지 않은 걸 그리면 아쉽지요."

"부족해도, 타고난 얼굴이니까 어쩔 수 없잖아요."

"타고난 얼굴은 여러 가지로 되는 법입니다."

"자기 마음대로요?"

"예."

"여자라고 아주 바보 취급하시는군요."

"당신이 여자니까 그런 어처구니없는 말을 하는 겁니다."

"그럼 당신 얼굴을 여러 가지로 해서 보여줘봐요."

"매일 이만큼 여러 가지 되는 걸로도 충분합니다."

여자는 말없이 건너편을 바라본다. 강가는 어느새 물과 닿을 듯 말 듯 낮게 닿아 있고, 멀리 보이는 논바닥은 온통 자운영으로 가득하다. 선명한 다홍색의 방울 방울이 언제 적 내린 비에 흘러갔는지, 반쯤 녹아버린 꽃의 바다는 안개 속에 한없이 펼쳐져 있고, 올려다보는 하늘에는 거친 봉우리가 중턱에서 희미하게 봄의 구름을 토하고 있다.

"당신은 저 산을 넘어오셨지요."

여자가 하얀 손을 뱃전 밖으로 내밀며, 꿈같은 봄 산을 가리킨다.

"덴구 바위는 저 부근입니까?"

"저기 짙은 초록 밑에 보랏빛으로 보이는 곳이 있지요?"

"저기 햇빛이 비치는 곳 말입니까?"

"햇빛일까요? 민둥산인 거겠죠."

"아뇨, 움푹 패어 있네요. 민둥산이라면, 더 갈색으로 보입니다."

"그런가요? 아무튼 저 뒤쪽 근처라고 합니다."

"그럼 굽이진 길은 좀 더 왼쪽이겠군요."

"굽이진 길은 저쪽으로 훨씬 벗어난 곳이에요. 저 산 너머에 있는 산이에요."

"역시 그랬군요. 그래도 대충 짐작해보면 저기 옅은 구름이 걸려 있는 근처겠네요."

"네. 방향은 그쯤이에요."

졸고 있던 노인은 뱃전에서 팔꿈치가 삐끗하더니 화들짝 눈을 뜬다.

"아직 도착 안 했나?"

가슴을 앞으로 내밀며 오른쪽 팔꿈치를 뒤로 빼고 왼손을 쭉 뻗으며, 어어 하고 기지개를 켜다가 활을 쏘는 흉내를 낸다. 여자는 호호호 하고 웃는다.

"아무래도 버릇이 돼서……"

"활을 좋아하시나 보네요?"

나도 웃으며 묻는다.

"젊을 때는 7푼 5리*까지 당겼지요. 미는 힘은 의외로 지금도 탄탄합니다."

노인은 왼쪽 어깨를 두드려 보인다. 뱃머리에서는 전쟁 이야

* 가운데 쥐는 부분의 굵기가 약 2센티미터쯤 되는 활로, 당기는 힘이 많이 드는 활이다.

기가 한창이다.

배는 드디어 마을다운 곳으로 들어간다. 장지문에 술안주라고 쓰여 있는 술집이 보인다. 고풍스러운 새끼줄 포렴이 보인다. 목재를 쌓아둔 곳이 보인다. 인력거 소리도 이따금 들려온다. 제비가 치치 하고 배를 뒤집으며 날아간다. 집오리가 꽥꽥 운다. 우리 일행은 배를 버리고 정거장으로 향한다.

드디어 현실 세계로 끌려 나왔다. 기차가 보이는 곳을 현실 세계라고 한다. 기차만큼 20세기 문명을 대표하는 것은 없을 것이다. 수백 명의 인간을 똑같은 상자 안에 채워 넣고 굉음을 울리며 지나간다. 인정사정없다. 상자에 채워진 인간은 모두 똑같은 속력으로, 똑같은 정거장에 멈추며, 똑같이 증기의 은혜를 입어야 한다. 사람들은 기차를 탄다고 말한다. 나는 실린다고 말한다. 사람들은 기차로 간다고 말한다. 나는 운반된다고 말한다. 기차만큼 개성을 경멸하는 것은 없다. 문명은 온갖 수단을 다하여 개성을 발달시킨 후, 온갖 방법을 써서 그 개성을 짓밟으려고 한다. 한 사람 앞에 몇 평의 땅을 주고, 그 땅 안에서는 잠이 들든 깨어 있든 마음대로 하라는 것이 지금의 문명이다. 동시에 그 몇 평의 땅 주변에 철책을 치고, 그 너머로는 한 발짝도 나가면 안 된다고 위협을 하는 것이 지금의 문명이다. 몇 평의 땅 안에서 마음껏 자유를 누리던 사람이, 철책 밖에서도 마음껏 자유를 누리고 싶어 하는 것은 자연스러운 기세다. 가련한 문명의 국민은 밤낮으로 이 철책을 물고 늘어지며 으르렁거리고 있다. 문명은 개인에게 자유를 주어 호랑이처럼 날뛰게 한 다음, 그를 우리 안에 던져 넣어 세상의 평화를 유지하고 있다. 이런 평화는 진정한 평화가 아니다. 동물원의 호랑이가 구경꾼을 노려보며 뒹굴고 있는 것과 같은 평화다. 우리의 창살이 하나라도 빠진다면, 세상은 엉망이 된다. 제2의 프랑스혁명은 그때 일어날 것이다. 개인의 혁명은 이미 밤낮으로 일어나고 있다. 북유럽의 위인인 입센은 이 혁명이 일어날 만한 상태에 대해 자세히 그 예증을 우리에게 보여주었다. 나는 기차가 맹렬히, 분별없이, 모든 사람을 화물과 다름없이 여기며 달리는 모습을 볼 때마다, 객차 안에 갇혀 있는 개인과, 개인의 개성에 털끝만큼도 주의를 기울이지 않는 이 기차를 비교하며, 위험해, 위험해, 조심하지 않으면 위험해, 하고 생각을 한다. 현대 문명은 이런 위험이 코를 찌를 정도로 가득하다. 캄캄한 어둠 속에서 함부로 날뛰는 기차는 위험한 표본 중의 하나다.

정거장 앞 찻집에 앉아, 쑥떡을 바라보며 기차에 대한 생각을 했다. 이것은 사생첩에 쓸 수도 없고, 남에게 말할 필요도 없기에, 잠자코 떡을 먹으며 차를 마신다.

맞은편 탁자에는 두 사람이 앉아 있다. 두 사람 다 짚신을 신고 있다. 한 사람은 붉은 담요를 두르고 있고, 또 한 사람은 연청색 작업 바지를 입었는데 무릎에 천이 덧대어진 부분을 손으로 누르고 있다.

"역시 안 될까?"

"안 되지."

"소처럼 위가 두 개면 좋겠군."

"두 개면 바랄 게 없지. 하나가 탈이 나면 잘라버리면 그만이니까."

이 촌사람은 위장병이 있는 모양이다. 그들은 만주 벌판에서 부는 바람의 냄새도 모른다. 현대 문명의 폐해도 알지 못한다. 혁명이란 게 어떤 것인지, 그런 말조차 들어본 적이 없을 것이다. 어쩌면 자신의 위가 하나인지 둘인지조차 말할 수 없을 것이다. 나는 사생첩을 꺼내 두 사람의 모습을 그렸다.

딸랑딸랑하고 벨이 울린다. 표는 미리 사두었다.

"자, 갈까요."

나미 씨가 일어선다.

"그럴까."

노인도 일어선다. 일행은 다 같이 개찰구를 빠져나가 플랫폼으로 나간다. 벨이 잇따라 울린다.

굉음을 울리며 하얗게 빛나는 철로 위를 문명의 긴 뱀이 꿈틀대며 다가온다. 문명의 긴 뱀은 입에서 검은 연기를 토한다.

"드디어 작별인가."

노인이 말한다.

"그럼 건강하십시오."

규이치가 고개를 숙인다.

"죽어서 돌아와."

나미 씨가 또 그 말을 한다.

"짐은 도착했나?"

오빠가 묻는다.

뱀이 우리 앞에서 멈춘다. 옆구리의 문이 몇 개나 열린다. 사람이 나오고 들어가고 한다. 규이치가 올라탔다. 노인도, 오빠도, 나미 씨도, 나도 밖에 서 있다.

기차 바퀴가 한 번 돌면 규이치는 이미 우리 세상의 사람이 아니다. 멀고 먼 세계로 가버린다. 그 세계에는 화약 냄새 속에서 사람이 움직이고 있다. 그리고 붉은 것에 미끄러지고, 마구 넘어진다. 하늘에서는 큰 소리가 쿵 쿠쿵 하고 울린다. 이제부터 그런 곳으로 떠나는 규이치는 기차 안에 서서 말없이 우리를 바라보고 있다. 우리를 산속에서 끌고 나온 규이치와, 끌려 나온 우리의 운명은 여기서 끊어진다. 이미 끊어지고 있다. 기차의 문과 창이 열려 있을 뿐, 서로의 얼굴만 보일 뿐, 떠나는 사람과 머무는 사람의 사이가 여섯 자쯤 떨어져 있을 뿐, 이미 운명은 끊어지고 있다.

차장이 철커덕 철커덕 문을 닫으며 이쪽으로 달려온다. 하나를 닫을 때마다 떠나는 사람과 떠나보내는 사람의 거리는 점점 멀어진다. 드디어 규이치의 객차 문도 철커덕 하고 닫혔다. 세계는 이제 두 개가 되었다. 노인은 자기도 모르게 창가로 다가간다. 청년은 창밖으로 고개를 내민다.

"위험해요. 출발합니다."

그렇게 말하는 목소리 아래서, 미련 없는 쇠바퀴 소리가 덜커덩 덜커덩 박자를 맞추며 움직이기 시작한다. 창이 하나하나, 우리 앞을 지나간다. 규이치의 얼굴이 작아지며 마지막의 삼등열차가 내 앞을 지나갈 때, 창문 안에서 또 하나의 얼굴이 나왔다.

갈색의 빛바랜 중절모 아래로, 수염이 덥수룩한 산적이 이별이 아쉬운 듯 고개를 내밀었다. 그때, 나미 씨와 산적이 무심결에 얼굴을 마주쳤다. 쇠바퀴는 덜커덩 덜커덩 돌아간다. 산적의 얼굴은 곧바로 사라졌다. 나미 씨는 망연히, 떠나가는 기차를 지켜본다. 그 망연함 속에 신기하게도 지금까지 본 적이 없는 '연민'이 가득 떠 있다.

"그거예요! 그거! 그게 나오면 그림이 되는 거예요."

나는 나미 씨의 어깨를 두드리며 작은 목소리로 말했다. 내 가슴속의 그림은 바로 그 순간에 이루어진 것이다.

漱石畫

나의《풀베개》

도대체 소설이란 무엇인지, 그 정의가 정해져 있는 건지 모르겠다.

보아하니, 세간의 본모습을 파고드는 심리소설이라든가, 철학적 진리를 쓰고 표현하는 경향소설이라든가, 주로 시대의 폐해만을 파헤치는 일종의 경향소설이라든가, 또는 주마등 같은 세상의 사건을 아무런 플롯도 없이 있는 그대로 그려내는 소설이라든가, 그 밖에 또 여러 종류가 있지만, 일반적으로 소설이라고 부르는 이런 것들의 목적이, 반드시 아름다운 느낌을 바탕으로 하고 있지는 않은 것 같다. 더러워도 불쾌해도 아무렇지 않은 것 같다. 오로지 세상의 인간이란 이런 것이다, 세상에는 이 정도로 더러운 것이 있다, 이런 폐해가 있다, 사람은 이렇게까지

무서운 것이다, 라는 것을 독자가 이해하기만 하면 되는 것 같다. 만약 거기에 어떤 느낌을 더한다면, 그것은 다음과 같을 것이다. 즉, 그렇기 때문에 인간은 일해야 한다, 정직해야 한다, 나쁜 자에게는 저항해야 한다, 세상이 괴로워도 견뎌야 한다, 세상사가 어긋나고 실망과 낙담이 끊이지 않아도 늘 희망을 품고 나아가야 한다, 등등. 요컨대, 세상을 어떻게 살 것인지를 해결하는 것이 주된 것인 것 같다.

만약 이런 것만이 지금의 소설이라면, 아름다움을 그린다는 주의(主意)는 필요 없을 것이다. 그저 진실을 그리기만 한다면, 설령 아름다운 느낌을 전하지 않는다 해도 괜찮을 것이다.

하지만 문학으로서, 또한 적어도 미(美)를 나타내는 인간의 표현의 한 부분인 이상, 문학의 일부분인 소설 또한 아름다운 느낌을 주는 것이어야 한다. 물론, 어떻게 정의하느냐에 달렸지만, 만약 이 정의가 잘못되지 않았고, 소설은 아름다움을 벗어날 수 없는 것이라고 한다면, 실제로, 아름다움을 깨뜨려도 상관없는 것 중에 걸작이라고 불리는 것이 있다는 것은 이상한 일이다. 나는 그것이 의아한 것이다.

나의《풀베개》는 세상에서 일반적으로 말하는 소설과는 정반대의 취지로 쓴 것이다.

그저 어떤 느낌, 아름다운 느낌이 독자의 머릿속에 남기만 하면 된다. 그 외에는 어떤 특별한 목적도 없는 것이다. 그렇기 때문에 플롯도 없고, 사건의 발전도 없다.

여기서 사건의 발전이 없다는 것은 이런 의미다.

《풀베개》는 유별나고 기묘한 관찰을 하는 한 화공이 우연히 한 미인을 만나 그녀를 관찰하는 것이다. 그런데 그 미인, 즉 작품의 중심이 되어야 할 인물은 늘 같은 곳에서 조금도 움직이지 않는다. 그것을 화공이 앞에서, 또는 뒤에서, 또는 왼쪽에서, 또는 오른쪽에서 여러 방향에서 관찰한다. 단지 그뿐이다. 중심이 되어야 할 인물이 조금도 움직이지 않기에, 거기서 사건이 발전할 수가 없는 것이다.

하지만 보통의 소설이라면, 이 주인공은 갑의 지점에서 을의 지점으로 이동한다. 다시 말해 그곳에서 사건의 발전이 있는 것이다. 이 경우, 작가는 제3의 지점에 서서, 사건이 발전해가는 것을 옆에서 관찰하지만, 《풀베개》의 경우는 이와는 정반대로 작중의 중심인물은 움직이지 않고, 오히려 관찰하는 쪽이 움직이는 것이다.

그렇기 때문에 사건의 발전만을 소설로 여기는 사람은 《풀베개》가 이해가 안 될지도 모르고 재미없을지도 모른다. 하지만 그것은 내가 상관할 바가 아니다. 나는 그저 독자의 머릿속에 아름다운 느낌이 남기만 한다면, 그것으로 만족한다. 그렇기 때문에 만약 《풀베개》가 그 아름다운 느낌을 독자에게 조금도 전할 수 없다면, 그것은 실패작이 될 것이고, 조금이나마 전할 수 있다면, 그만큼 성공을 거둔 것이다.

또 내 작품은 자칫하면 논쟁에 빠진다는 비난이 있다. 하지만 나는 일부러 그렇게 하는 것이다. 만약 그로 인해 독자에게 전해질 좋은 느낌을 방해한다면 안 되겠지만, 반대로 그것을 도와준다면, 논쟁을 하든 뭘 하든 상관없지 않은가. 다시 말해, 더러운 것, 불쾌한 것은 일체 피하고, 그저 아름다운 느낌이 들게 하기만 하면 되는 것이다.

일반적으로 말하는 소설, 즉 인생의 본모습을 맛보게 하는 소설도 좋지만, 또한 동시에 인생의 괴로움을 잊게 하고 위로해주는 의미의 소설도 있으면 좋다고 생각한다. 나의《풀베개》는 물론 후자에 속하는 것이다.

이런 유의 소설은 기존에 존재하지 않았던 것 같다. 또한 많이 쓸 수는 없을지도 모른다. 하지만 소설계의 한 부분에, 이런 의미의 작품도 있어야 한다고 생각한다.

알기 쉬운 예를 들어보면, 종래의 소설은 센류(川柳)*적이다. 사물의 핵심을 찌르는 것이 주가 되는 것이다. 하지만 그 외에 아름다움을 생명으로 하는 하이쿠(俳句)적인 소설도 있으면 좋다고 생각한다. 물론 종래의 소설에도 이런 요소가 전혀 없다는

* 5, 7, 5 운율의 정형시로 하이쿠와 형식은 같지만, 주로 인간 세상과 풍속을 날카롭고 유머러스하게 풍자한 내용을 담고 있다는 점에서 차이가 있다.

것은 아니다. 참으로 아름다운 느낌을 주는 부분도 있지만, 그것이 주가 되지는 않는다. 더러운 것을 피하지 않고, 태연하게 그려내고 있다.

만약 이 하이쿠적인 소설이 — 이름은 이상하지만 — 이루어진다면, 문학계에 새로운 영역을 개척하는 것이다. 이런 종류의 소설은 아직 서양에도 없는 것 같다. 일본에는 물론 없다. 그것이 일본에서 나올 수 있다면, 소설계의 새로운 운동이 일본에서 일어났다고 할 수 있을 것이다.

— 《문예세계》 1권 9호
1906년 11월 15일

옮긴이의 말

《풀베개》는 1906년 나쓰메 소세키가 서른아홉 살에 쓴 소설입니다. 1903년 2년간의 영국 유학을 끝내고 귀국한 소세키는 도쿄제국대학에서 영문학 강사로 근무하게 되었지만, 유학 시절부터 앓던 신경쇠약이 점점 심해졌습니다. 그러다가 소설을 써보라는 다카하마 교시의 권유로 첫 소설《나는 고양이로소이다》를 연재하기 시작했고 그것이 호평을 받으면서 작가의 길을 걷게 되었습니다.《풀베개》는《나는 고양이로소이다》의 연재가 끝나고 열흘 후에 쓰기 시작해 약 2주 만에 완성한 초기작 중 하나로, 소세키가 학교에서도 가정에서도 안정을 찾지 못하고 신경쇠약에 빠져 있던 시기에 쓴 작품입니다.

《풀베개》는 속세를 벗어나 산골 마을의 온천장으로 여행을 떠난 한 화공이 여행지에서 보고 느낀 것들을 들려주는 소설로, '풀베개'란 '여행지 또는 객지에서 자는 잠'을 뜻하는 말입니다. 소설 속에 등장하는 나코이 온천장은 구마모토에 있는 오아마 온천을 모델로 한 가공의 장소로, 소설을 쓰기 약 10년 전 구마모토에서 영어 교사로 지내던 무렵 소세키가 여행했던 곳입니다. 그러니까 그때의 여행이 후에 《풀베개》라는 소설로 태어나게 된 것입니다. 극도의 신경쇠약으로 인해 속세의 온갖 번뇌를 벗어나 마음 가는 대로 자연을 거닐고 싶었을 소세키는 아마도 그때의 한가로운 여행을 떠올렸는지도 모릅니다.

《풀베개》에서 소세키는 예술의 목적이 고달픈 인생에 여유를 주는 것이라고 했습니다.

> 옮겨 살 수도 없는 세상이 살기 어렵다면, 살기 어려운 세상을 어느 정도 느긋하게 받아들이고, 짧은 목숨을 잠깐이나마 살기 편하게 만들어야 한다. 그리하여 시인이라는 천직이 생기고, 화가라는 사명이 내려진다. 모든 예술가는 인간 세상을 한가롭게 하고 인간의 마음을 풍요롭게 하기에 고귀하다.
>
> ——본문 10p.

이런 한가롭고 풍요로운 삶은 소세키가 말한 '저회취미(低徊趣味)'를 떠올리게 합니다. '저회취미'란 소세키가 만든 조어로,

속세를 떠나 여유 있는 마음으로 자연이나 예술, 삶을 느긋하게 관찰하며 즐기는 것을 말합니다. 소세키는 이것을 "한곳에 오래 머무르는 취미, 쉽게 움직이지 않는 취미"라고도 했는데,《풀베개》는 바로 이 '저회취미'가 잘 나타나 있는 작품이라고 할 수 있습니다. 그 무렵 일본 작가들의 작품은 유럽의 자연주의나 사실주의를 따른 것이 대세로, 삶이나 죽음 같은 큰 문제에 직면한 인물들이 등장하거나 일상의 여유로움이 사라진 소설들이 주를 이루었습니다. 그에 대한 반발로 소세키는 차를 마시거나 꽃에 물을 주는 등 한가로운 일상도 소설의 소재가 될 수 있고, 그렇게 긴장감 없이 느긋하게 전개되는 소설, 즉 "여유 있는 소설"도 충분한 가치가 있다고 말합니다. 다시 말해, 핵심 주제의 깊이만으로 소설의 우열을 판단해서는 안 된다고 말하는 것입니다.

> 인생의 본모습을 맛보게 하는 소설도 좋지만, 또한 동시에 인생의 괴로움을 잊게 하고 위로해주는 의미의 소설도 있으면 좋다고 생각한다. 나의《풀베개》는 물론 후자에 속하는 것이다.
>
> ——나의《풀베개》중에서

한가로움 속에서 아름다움을 즐기는 저회취미는《풀베개》속의 화공이 말하는 '비인정'과 통하는 말이기도 합니다. '비인정'은 '몰인정'과는 다른 개념으로, 속세의 모든 도리와 인정, 이해

(利害)와 감정을 초월한 것을 말합니다. 속세의 인간관계에서 비롯된 온갖 인정을 벗어나, 사물을 있는 그대로 즐기고 아름다움을 느끼기 위해서는 비인정의 태도를 가져야 한다고 화공은 말합니다.《풀베개》가 나오고 얼마 후 제자에게 보낸 편지에서 비인정에 대한 그 무렵 소세키의 갈망을 엿볼 수 있습니다.

> 화공은 어지럽게 뒤섞인 세속의 정을 추하다고 여긴다. 특히 20세기는 더 추하다고 여긴다. 그렇기 때문에 비인정의 여행을 떠나 잠시나마 떠돌아다니려는 것이다. 설령 완전한 비인정에는 이르지 못하더라도, 비인정에 가장 가까운 인정으로 인간을 바라보려고 하는 것이다.
>
> —— 모리타 소헤이에게 보낸 편지 중에서

이런 비인정은 하이쿠 시인 마사오카 시키가 강조한 '사생'이라는 개념과도 통합니다. 시키의 하이쿠 창작은 개인의 주관적인 감정이나 신념을 배제한 객관적인 사생을 기본 원칙으로 하는데, 그런 하이쿠 창작의 마음가짐은 비인정의 태도와 비슷합니다. 절친이었던 시키의 하이쿠에서 많은 영향을 받은 소세키가《풀베개》를 '하이쿠적인 소설'이라 부른 것도, 하이쿠를 지을 때의 마음이 '비인정'에 가깝기 때문이 아닐까 생각합니다.

하지만 그렇게 '비인정'의 태도로 사람을 바라보려는 화공에게 '나미'라는 여자는 도무지 종잡을 수 없는 묘한 대상입니다. 나미는 보통 사람들의 눈에는 상식이 없는 사람으로 보이지만, 누구보다도 자기만의 태도로 삶을 살아가는 여자로, 화공의 눈에는 "지금까지 본 여자 중에 가장 아름다운 행동"을 하는 여자로 비칩니다. 하지만 화공은 아무리 애를 써도 그녀를 그릴 수 없었고, 마침내 '연민'이 담긴 그녀의 얼굴을 보고서야 비로소 마음속에 그녀의 그림을 완성하게 되면서 소설은 끝이 납니다. 오로지 비인정을 바라며 속세를 떠난 화공이 끝내는 '연민'이라는, 신이 모르는, 너무나 인간적인 감정을 통해서야 비로소 그림을 완성한다는 것이 참 아이러니합니다.

《풀베개》는 문학과 예술에 대한 비평, 근대 문명에 대한 비판, 삶에 대한 태도 등 그 무렵 소세키의 문학관과 예술관, 인생관을 깊이 들여다볼 수 있는 작품이지만, 읽기 쉽지 않은 소설입니다. 동서양의 예술 비평을 비롯해, 한시, 하이쿠, 영시 등 동서고금의 시문학, 난해한 어휘와 불교 용어, 인물들의 대화 등, 거기에는 여러 가지 이유가 있을 것입니다. 하지만 그럼에도 불구하고 곳곳에 펼쳐지는 감각적이면서 회화적인 소세키의 문장을 즐길 수 있는 소설이고, 읽을 때마다 새로운 것을 보게 하고 또 생각하게 하는 소설입니다.

만약《풀베개》가 그 아름다운 느낌을 독자에게 조금도 전할 수 없다면, 그것은 실패작이 될 것이고, 조금이나마 전할 수 있다면, 조금은 성공을 거둔 것이다.

—— 나의《풀베개》중에서

《풀베개》는 소세키의 작품 중에서 제가 개인적으로 가장 좋아하는 작품입니다.《풀베개》를 읽으며 제가 받은 아름다운 느낌을 번역된 문장으로 독자들에게 잘 전할 수 있을까. 번역 작업을 하는 동안 내내 이것이 마음에 걸렸습니다. 소세키가 전하려고 한 아름다움의 느낌이, 번역된 문장이지만 조금이나마 전달될 수 있기를 바랍니다.

옮긴이 박성민
도쿄외국어대학교 대학원에서 일본어학을 전공하고 통번역사로 일했다.
시와서 출판에서 번역과 편집을 하고 있다.
번역서로 《그리운 시간들》, 《책은 시작이다》, 《심호흡의 필요》, 《세상은 아름답다고》, 《나쓰메 소세키 - 인생의 이야기》, 《다자이 오사무 - 내 마음의 문장들》, 《봄은 깊어》 등이 있다.

풀베개

2024년 5월 25일 1쇄 찍음

지은이 나쓰메 소세키
펴낸곳 시와서 출판
펴낸이 송승현

출판등록 2016. 12. 6.
이메일 siwaseo@gmail.com
블로그 blog.naver.com/siwaseo
인스타그램 www.instagram.com/siwaseo

ISBN 979-11-91783-10-0